양의 미래

⟨K-픽션⟩ 시리즈는 한국문학의 젊은 상상력입니다. 최근 발표된 가장 우수하고 흥미로운 작품을 엄선하여 출간하는 ⟨K-픽션⟩은 한국문학의 생생한 현장을 국내외 독자들과 실시간으로 공유하고자 기획되었습니다. ⟨바이링궐 에디션 한국 대표 소설⟩ 시리즈를 통해 검증된 탁월한 번역진이 참여하여 원작의 재미와 품격을 최대한 살린 ⟨K-픽션⟩ 시리즈는 매 계절마다 새로운 작품을 선보입니다.

The ⟨K-Fiction⟩ Series represents the brightest of young imaginative voices in contemporary Korean fiction. This series consists of a wide range of outstanding contemporary Korean short stories that the editorial board of *ASIA* carefully selects each season. These stories are then translated by professional Korean literature translators, all of whom take special care to faithfully convey the pieces' original tones and grace. We hope that, each and every season, these exceptional young Korean voices will delight and challenge all of you, our treasured readers both here and abroad.

양의 미래
Kong's Garden

황정은 | 전승희 옮김
Written by Hwang Jung-eun
Translated by Jeon Seung-hee

ASIA
PUBLISHERS

Contents

양의 미래
Kong's Garden

그 서점은 낡은 아파트 단지에 있었다.

지상으로 두 층밖에 되지 않아 납작하고 밋밋한 케이크처럼 보이는 상가 건물의 지하층을 사용하는 가게였다. 지하층 전부, 라서 비교적 큰 규모였는데 위치가 외졌고 상가 자체가 쇠락해 개점 초반엔 손님이 별로 없었다. 서점 주인은 지하로 내려오는 계단 곁에 입식 간판을 세우고 이백 개나 되는 실내등을 전부 밝혀 영업을 알렸다. 밤이 되면 계단을 타고 번진 지하층의 불빛이 멀리서도 환하게 보일 정도였다. 그 불빛을 보고 가로수 밑을 걸어온 사람들이 지하로 내려와 단행본을 뒤적이다가 한두 권씩 사 들고 가는 일이 생기면서 손님

The bookstore was located within an old, fairly dilapidated apartment complex.

It was in the basement of a detached commercial building that was only two stories high and so looked like a simple, flat cake. The bookstore was spacious, though, since it took up the entire basement floor. Still, it didn't receive many customers in the beginning because it was tucked in an out-of-the-way area and the patronage in that building had been on the decline for years. The bookstore owner had announced its opening by propping an upright signboard next to the stairs leading down to the store and turning on all 200 interior lights. At night, the light escaped through the stairs, making

은 조금씩 늘어갔다.

　나는 그곳에서 대부분 계산대 일을 보았다. 한가할 때
는 장갑을 끼고 서가를 정리하거나 재고 목록을 작성하
거나 걸레로 바닥을 닦았다. 그것도 저것도 마치고 나
면 계산대로 돌아가 가게 입구를 바라보았다. 맑은 날
도 우중충한 날도 여섯 폭짜리 유리 너머에 있었다. 나
쁘지 않은 환경이었다. 나는 서점에서 일하는 게 좋았
다. 당시엔 그걸 깨닫지 못했지만 그랬다. 지상을 향해
부채꼴로 퍼진 계단을 올라가면 벚나무가 있었고 공중
전화 부스가 있었고 그것에 조명을 비추듯 가로등이 서
있었다. 봄이 되면 가로등 곁의 벚나무가 가장 먼저 개
화했다. 꽃이 질 무렵의 밤엔 떨어지는 꽃잎들이 은백
색으로 빛났다. 계산대에서 그 광경이 다 보였다. 한 장
한 장이 공중에서 수십 번 뒤집어지며 떨어져 내렸다.
그 시기엔 서점으로 내려오는 계단 곳곳에 점을 찍은
것처럼 꽃잎이 흩어져 있었다. 꽃잎은 돌풍이 불면 구
석진 곳에서 소용돌이치며 날아올랐다. 진주라는 여자
아이가 서점 부근에서 실종되었던 것도 그럴 무렵이었
다.

it clearly visible from afar. Passersby, who walked under the trees lining the street, would notice the light, venture down to the basement, browse through the selection of books, and buy a couple. Gradually, the store began to get more customers.

I worked mostly as a cashier. When it wasn't crowded, I wore gloves and tidied up the bookshelves, checked the stock, or mopped the floor. If I finished with all of that early, I went back to the counter and stared out the store entrance. There were clear days and gray days outside the six-foot-tall glass windowpanes. It wasn't a bad place to work. I liked to work there. I really did—although I didn't realize it then. If I walked up the fan-shaped stairs to the ground level, I saw a cherry tree, a phone booth, and a streetlamp that seemed to spotlight the booth. In spring, the cherry tree next to the streetlamp bloomed early. Around the time when its flowers would usually fall, the petals would shine a silvery white. I could see it all from the counter. The flowers tumbled through the air, petal by petal, turning over on themselves more than a few dozen times while they fell. During that period, petals littered all the stairs leading down to the bookstore. When there was a gust of wind, they would whirl up from all the corners. It was on

*

    나는 어렸을 때부터 일을 했다. 중학교에 다니던 때나 고등학교에 다니던 때를 생각하면 어딘가에서 일하고 있는 순간들이 먼저 떠오른다. 햄버거 체인점, KFC, 패밀리 레스토랑, 도서 대여점, 거리에서 전단을 붙인 적도 있었고 주말엔 마트 모퉁이에 서서 시식용 새우를 튀겼다. 언제나 일하고 있었네. 나는 얼마 전에야 그걸 알았다. 억울하다거나 아깝다고 생각하지는 않는다. 그랬네, 정도로 잠깐 깨닫고 마는 것이다.

    일하다가 같은 학교에 다니는 동급생이나 또래와 마주치면 부끄러웠다. 부끄러웠어도 대수롭지 않다고 여길 수 있는 부끄러움이었다. 그런 부끄러움은 겪고 나면 잊었다. 잊을 수 있었다.

    일을 그만두고 싶을 정도의 수치심을 느낀 순간은 한 번이었다. 열일곱 살 때로 나는 아직 고등학생이었고 방학을 맞아 번화가에 있던 옷 가게에서 일하고 있었다. 로망Roman이었나 로마Roma였나, 청동색 이탤릭체 간판이 달린 가게였고 값싼 천으로 만든 옷을 주로 파는 곳이었다. 이 가게에 오후가 되면 어김없이 들르

one of those days that the girl named Jinju disap-
peared.

*

I've been working since I was a child. When I
think of my middle school or high school days, I
remember, above all, working somewhere—a
hamburger chain, a KFC, a family restaurant, a
book rental shop. At one point, I also pasted fliers.
On weekends, I fried shrimp for samples while
standing on a supermarket corner. *I've always been
working!*

I've realized this only recently. I don't feel like it is
unfair and I haven't regretted it. *That's just how it is*, I
tell myself. *And that's that*. It was embarrassing
whenever I ran into classmates or peers at work.
Still, it wasn't too bad. I felt embarrassed for a mo-
ment and then quickly forgot about it. I could al-
ways forget about it.

Only once while I worked as a student did I feel
so embarrassed that I wanted to quit my job. When
I was sixteen and still in high school I worked at a
clothing store downtown during my summer vaca-
tion. It was a cheap clothing store called either Ro-
man or Roma. The store's sign was written in italics

는 손님이 있었다. 정장 차림에 늘 텅 빈 듯한 여행 가방을 끌고 들어와서 옷걸이를 이리저리 뒤져보다가 나가는 여자였는데 한번은 내가 그녀를 상대해야 할 상황이 되었다. 검은색 스웨터와 흰색 스웨터를 두고 망설이는 듯한 그녀에게 나는 흰 쪽을 권했다. 따뜻한 색이라서 손님에게 잘 어울린다고 말하자 그녀는 양손에 스웨터를 쥐고 정색하며 나를 바라보았다. 흰색이 어째서 따뜻한 색이죠? 그녀는 내게 물었다. 흰색은 차가운 색이야, 아가씨, 차가운 색이라고. 백색은 한(寒)색, 미술 시간에 못 배웠어요?

나는 얼굴이 빨개졌다. 이미 빨개졌는데 더욱 빨개지는 것을 느끼며 그냥 서서 그녀를 바라보았다. 벌거벗고 선 기분이었다. 나의 무식이나 부주의를 창피한 방식으로 깨달아서가 아니었다. 아가씨, 라고 불렸기 때문이었다. 학생 아니고 아가씨, 그게 그렇게 부끄러웠고 왠지 모르게 눈물이 고였다. 나는 얼마 뒤 그 가게에 나가는 것을 그만두었고 다시는 돌아가지 않았다.

내가 다닌 고등학교는 상업계였다. 졸업반이 되면 한 학급의 절반 정도는 취업으로 자리를 비웠다. 나는 학

and made of bronze.

There was one customer who dropped by like clockwork every afternoon. She wore a formal suit and dragged along an empty-looking suitcase. She would browse the store and then just leave. Once I had to help her. She seemed to be hesitating between a black sweater and a white one, so I encouraged her to get the white one. When I told her that the white one looked warm and therefore suited her better, she looked straight at me, holding one sweater in each hand. *Why is white warm?* She asked. *White is a cold color, miss. It's a cold color. You never learned that in art class?*

My face flushed. Feeling my face burn even redder, I just stood there and stared at her. I felt naked. It wasn't because I was embarrassed for being reminded of my ignorance or carelessness, but because she'd called me, "miss." She hadn't called me "student," as people usually did for people my age. I was so embarrassed that I began tearing up unawares. I stopped working at that store a few days later, and never went back.

I went to a commercial high school. During my senior year, about half of the students were absent regularly since they'd all already been employed by

기 초부터 자리를 비웠으니 빠르게 취업한 편에 속했다. 부기 성적이 좋았으므로, 라고 나는 생각했으나 내가 얻은 일자리는 사실 부기와는 거의 상관이 없는 자리였다. 창고형 할인마트의 계산대로, 물건을 이쪽에서 저쪽으로 옮겨가며 바코드를 찍고 가격을 부르고 손님의 신용카드를 받아 리더기에 긁은 다음 서명을 요청하는 일이었다. 나는 그곳에서 하루 열 시간씩 일했다. 매일 엄청난 양의 물건을 계산대 위에서 끌어당기거나 밀쳤고 엄청난 양의 사람들을 계산대 바깥으로 서둘러 내보냈다. 사소한 시비 끝에 계산대를 넘어온 손님에게 뺨을 맞거나 하는 일도 있었는데 자주 있는 일은 아니었다. 별다르게 기억할 일이 없었다. 버스 시간을 맞춰야 한다는 조바심 정도를 기억하고 있다. 당시에 내가 타고 다녔던 버스는 배차 간격이 긴 노선이었다. 애매한 시간차로 놓치면 삼십 분이고 사십 분이고 그냥 서서 기다려야 했고 나는 그게 싫어서 출퇴근 시간엔 언제나 뛰었다. 밤엔 손발이 다 녹아내리는 것처럼 피곤했는데 잠이 오지 않았다. 잠자리에 누워 천장을 보고 있으면 어른 두세 명이 밟고 올라선 것처럼 가슴이 뻐근했다. 어느 날엔가 기침이 시작된 뒤로는 멈추지 않

then. I didn't go to school from almost the beginning of my senior year, because I'd been hired very early that year. It was because I'd gotten good grades in bookkeeping, was what I had thought.

But, in fact, my job had nothing to do with bookkeeping. I worked at the counter in a discount warehouse store, moving stuff here and there, scanning barcodes, notifying customers of prices, taking and sliding customers' credit cards and asking for their signatures. I worked ten hours a day. Every day, I pulled or pushed enormous amounts of merchandise and rushed an enormous number of customers out of the store. Sometimes, customers went behind the counter and slapped me across my face over something trivial. But that didn't happen very often.

There weren't many memorable events while I worked there. All I remember were my nerve-wracking efforts to get to the bus stop in time. The bus I commuted on came at long intervals. If I just missed it, I had to stand there and wait for thirty or forty minutes. Since I didn't like to wait that long, I always ran to catch that bus to and from work. At night, I was so tired that I felt as if my hands and feet were melting, yet I still couldn't fall asleep. When I lay down and looked up at the ceiling, I felt

았다. 폐결핵 진단을 받고 잘리듯 계산대 일을 그만둔 것이 오 년째 되는 해였다.

병이 다 나을 때까지는 아무것도 하지 못하고 살을 찌우며 집에 머물렀다. 당시에 어머니는 이미 십 년째 간암 투병 중이었고 아버지는 어머니의 간병과 집안일을 맡아보고 있었다. 아버지는 어머니를 돌보듯 극진하게 나를 돌보아주었다. 생활비가 부족하다거나 언제부터 일할 수 있겠느냐 하는 말은 한마디도 하지 않았다. 어머니나 아버지나 왜소하고 말이 없어 집이 고요했다. 그렇게 고요한 집에 드러누워 있으면 이 집 어딘가에서 내 부모가 일부러 숨을 죽이고 있다는 생각이 들었다. 그러면 나도 모르게 숨을 죽이게 되었다.

집에 머무는 동안엔 책을 몇 권 읽었다. 새로운 책을 사고 싶지는 않아서 있는 것을 몇 번이고 읽었다. 거실에 놓인 낡은 책장에 아버지의 책들이 있었다. 거기서 아무것이나 뽑아서 내 침대로 돌아와 읽었다.

가장 자주 펼쳐본 것은 서른다섯 나이에 강에 투신해 목숨을 끊은 소설가의 단편들이었다. 여러 소설가의 단편을 모은 책 안에 그 소설가의 단편 두 개가 실려 있다. 초기에 쓴 것과 죽을 무렵에 쓴 것이었다. 첫 번째

pain in my chest, pain that seemed to be the result of several adults standing on my chest. One day, I began coughing and it didn't stop. I was diagnosed with tuberculosis and had to quit my cashier job. In fact, it was more like being fired. Five years had passed.

I stayed home, unable to work, fattening up until I fully recovered. Mother had been struggling with liver cancer for ten years then and father was taking care of her and doing the chores around the house. He took care of me as tenderly as he did mother. He never said we were short on money or asked when I could begin to work again. Both of them were small, silent people and so our house was always quiet. As I lay there recovering, I sometimes felt as if my parents were somewhere else in the house holding their breaths. Then, without knowing it, I would also hold my breath.

During that period, I read a few books. Because I didn't want to buy new books, I read what we had over and over again. Father's books were on old bookshelves in the living room. I picked out books at random and read them in my bed. The stories I read the most often were written by a novelist who had killed himself by jumping into a river when he was thirty-five. Two of his stories were included in

것은 간결하면서도 힘이 있었으나 두 번째 것은 병신 같았다. 별것을 가지고 강박적으로 사로잡히고 울적해하고 비참해하다가 마침내는 더는 글을 쓸 만한 힘이 없다, 그런 상태로 살아가는 것이 괴롭다는 문장으로 마무리되고 있었다. 다른 내용은 전혀 기억나지 않는다. 읽을 당시에도 별 재미를 느끼지 못하면서도 그 두 개의 소설을 반복해서 읽었다. 소설가는 마지막 순간에 걱정되지 않았을까. 내가 죽을 때는 어떨까를 나는 생각했던 것 같다. 병신 같은 건 싫다고 생각했다. 특히나 마지막에 병신 같은 걸 남기고 죽는 건 싫다. 걱정이 될 테니까 말이다. 세상에 남을 그 병신 같은 것이.

병을 치료하고 기운을 회복하는 데 거의 일 년이 걸렸다. 다시 일자리를 알아보기 시작했을 때는 통근 거리를 염두에 두었다. 서점에서 일할 사람을 구한다는 광고를 보았는데 집에서 멀지 않은 곳이었다. 전화로 위치를 묻고 걸어서 찾아갔다. 개점을 준비하느라고 어수선하게 어질러진 입구에 한 시간쯤 앉아 있다가 그 자리에 앉은 채로 면접을 보았다. 까다로운 질문은 없었다. 오래 일할 수 있나? 네, 라고 나는 대답했다.

a short-story collection of different writers. One was written in the early stage of his career and the other around the time he committed suicide. The former was compact and powerful, but the latter was pretty stupid. In that one, the narrator was obsessed with something trivial and he became depressed and miserable. The story ended with lines like *I don't have strength to go on writing* and *I can't go on living like this.*

I can remember no other details of the story. Although I didn't enjoy reading it, I kept on reading. I think I wondered if the writer hadn't been worried right before he killed himself. I also wondered what it would be like when I died. I thought I wouldn't want to be so stupid. I especially did not want to die and leave a stupid piece of writing behind. I didn't want to worry about it, whatever stupid thing I'd leave behind.

It took me almost a year to fully recover from tuberculosis. When I began to look for another job, I decided to take my commute into account. I saw a bookstore hiring advertisement and confirmed that it was not too far from my house. After inquiring about its location on the phone, I decided to just walk over there. I waited for about an hour at the entrance, which was horribly messy because they

이전 직장에 비해 서점은 좋았다.

일단은 서점이라서 좋았다. 입은 흔적이 있는 팬티를 환불해달라며 내미는 마트 고객을 상대하는 것보다는 좋았다. 고양이도 있었다. 서점으로 내려오는 계단 곁엔 관목이 자라는 화단이 있었는데 그 속에 고양이가 새끼를 낳았던 것이다.

호재는 각각의 고양이에 시루, 인절, 콩이라고 이름 붙였다. 가장 까맣고 작은 새끼인 콩은 곧 죽을 것처럼 보였다. 호재는 콩의 눈곱을 떼어주고 체온이 돌아올 때까지 무릎에 올려두고 엄지로 몸을 문질렀다. 고양이들이 비나 직사광선을 피할 수 있도록 관목에 우산을 얹어둔 것도 호재였다. 닷새쯤 지나자 호재는 우산을 치워버리고 그 자리에 플라스틱 상자를 놓아두었다. 나는 호재의 곁에서 그가 상자 바닥에 방습용 비닐과 헌 옷가지를 깔고 새끼들을 넣어두는 것을 지켜보았다. 호재는 마지막으로 우산을 다시 펼쳐 상자 위에 얹어두었다. 호재와 내가 상자 곁을 떠나자 관목 틈에서 어미가 나타나 냄새를 맡고 돌아다니다가 상자 속으로 들어갔다. 이 고양이들은 서점을 오가는 사람들에게 관심과 사랑을 받았다. 해코지를 하려는 어린아이들도 있었는

were busy preparing for its opening, and ended up being interviewed on the spot. I wasn't asked any difficult questions. Can you work for long hours? Yes, I answered.

The bookstore was a better place to work than my previous job.

More than anything else, I liked that it was a bookstore. I liked this because I didn't have to deal with customers demanding refunds for panties that had clearly already been worn.

There was a cat there, too. The cat eventually gave birth to a litter in the shrubbery near the stairs leading down to the store.

Ho-jae named the kittens "Siru," "Injeol," and "Kong." Kong, the blackest and smallest among them, looked as if it was about to die. Ho-jae wiped the mucus off of Kong's eyes and rubbed its body with his thumb until it became sufficiently warm, cradling it on his knee the whole time. He also unfolded an umbrella and hung it onto a branch to protect the kittens from direct sunlight. After about five days, he lifted the umbrella and put a plastic box under the bushes.

I stood beside Ho-Jae and watched him line the plastic box with a sheet of plastic to prevent mois-

데 호재는 그런 아이들에겐 험악하게 굴었다. 그들의 부모가 불쾌하게 여길 것을 염려한 서점 주인이 고양이를 쫓아버리라고 불평하고는 했지만 호재는 아랑곳하지 않았다. 그것 외적인 면에서 호재는 썩 훌륭한 직원이었으므로 고양이들은 그대로 화단에 머물렀다.

하지만 호재는 고양이들보다 먼저 서점을 떠났다.

호재는 포기했던 학위를 받으려고 다시 학교에 다니기 시작했다. 대다수가 적어도 학사인 나라에서 학사도 받지 못한 남자는 곤란하다, 라는 것을 절감했다, 라고 호재는 말했는데 어떤 상황에서 그런 것을 절감했는지는 끝까지 말하려 들지 않았다. 무슨 일이 있었구나. 나는 다만 그렇게 생각했고 호재 때문에 조금 마음이 아팠다.

학교로 돌아간 호재는 정말 열심히 공부했다. 호재가 도서관에서 나올 무렵과 내가 서점에서 일을 마치고 퇴근할 무렵의 시간이 같아서 우리는 밤에 만났다. 둘 다 가진 돈이 없었는데 모텔에 가야 했다. 데이트 비용이 부족했다. 호재와 나는 둘이서 햄버거 한 세트를 나눠 먹는다거나 하는 방법으로 식비를 아꼈다. 때문에 데이

ture from building inside it, drape old clothes over the entire construction, and then place the kittens inside the box. Finally, he unfolded the umbrella again and covered the box with it. When Ho-jae and I left the box, the mother cat appeared out of bushes, sniffed the area around the box, and stepped inside.

The bookstore customers loved and cared for these cats like they were their own. Some children tried to hurt them, but Ho-jae would threaten those kids within an inch of their lives. The bookstore owner eventually told Ho-jae to kick the cats out because he worried about angering those children's parents. Ho-jae, however, wouldn't budge. And, other than his business with the cats, Ho-jae was an excellent employee. The cats were left alone in the garden.

Ho-jae left the bookstore before the cats did.

He decided to finish his degree, which he had given up on years before, and began going to school again. He said that he had had the acute realization that it would be a hard life for a man who didn't even have a B.A. to live in a country where most people had *at least* one degree. But he wouldn't tell me what had brought him to this real-

트를 하는 동안엔 늘 배가 고팠다. 섹스를 하고 나면 더 배가 고파서 모텔 침대나 탁자에 잔돈을 늘어놓고 그걸로 뭘 먹을 수 있는지 계산해보고는 했다.

호재는 키가 컸고 침대 모서리 쪽으로 바짝 붙어 눕는 버릇이 있었다. 호재가 똑바로 누워 발을 뻗으면 침대의 한쪽 모서리가 꽉 찼다. 그렇게 자도 희한하게 침대에서 굴러떨어지는 일이 없었다. 호재는 정말 꼼짝하지 않고 잤다. 잠들기 전에 장난삼아 호재의 배에 베개를 올려둔 적이 있었는데 아침에 깨고 보니 호재는 여전히 베개를 배에 얹어둔 채로 자고 있었다. 호재의 곁에서 나는 몇 번인가 내 아버지 이야기를 했다. 묵묵히 어머니를 돌보는 아버지. 남성성이 완전히 사라진 듯한 모습으로, 아버지라기보다는 할머니 같은 모습으로 집안 살림을 하는 왜소한 체구의 아버지.

어머니가 이제 죽었으면 좋겠어.

아버지도.

이런 이야기를 내가 했을까. 내가 정말로 했을까. 둘 가운데 어느 이야기를 했고 어느 것을 하지 않았는지는 확실하지 않다. 둘 다를 하지는 않았어도 둘 가운데 하나는 했을 것이다. 평생 아이를 만들지 않을 거라고 내

ization. There must have had some incident, I thought. I felt a little sorry for him.

After returning to school, Ho-jae studied hard. Since he got out of the school library and I got out of the bookstore at about the same time, we met at night. Although we both didn't have much money, we had to go to motels.

That didn't leave us much money for our actual dates. We saved on food costs by sharing a hamburger or some other single item. Thus, we were always hungry during our dates. After going to bed together, we'd be even hungrier. So we took all the change out of our pockets, spread it out on the bed or table in the motel room, and tried to figure out what we could get to eat with our collective scraps.

Ho-jae was tall and had a habit of lying close to the edge of the bed. When he lay straight on the bed and stretched his feet out, he completely filled one side of the bed. It was really strange how he never fell off the bed sleeping like that. He really didn't move at all while he slept either. I once put a pillow on top of his belly for fun to see if it would stay there. I found the pillow right where I had left it the previous night and Ho-jae was still sleeping when I woke up the next morning.

가 말했을 때 호재는 왜냐고 묻지 않았으니까.

　호재는 남은 학기를 무사히 다닌 뒤 새로운 직장을 알아보러 다녔는데 잘 되지 않았다. 서류심사와 면접을 거칠 때마다 의기소침해졌다. 한번은 사무직에 채용된 적이 있었으나 두 달을 채우지 못하고 그만두었고 그 일로 호재는 한층 더 시무룩해졌다. 좋은 일자리를 잡으려면 더 많은 것이 필요하다고 호재는 말했다. 자신의 이력엔 특별한 것이 아무것도 없다고 말했고 그것을 절감했다, 라는 말도 했다. 모텔 침대 위에서 호재는 난폭하게 다리를 꺾어가며 내 몸을 눌러댔고 나는 호재에게 짓눌리면서 호재의 얼굴을 살폈다. 호재가 졸라서 콘돔을 사용하지 않은 날도 있었는데 그러고 나면 호재는 나보다 더 불안해 보였다.

　서너 달에 한 번은 서점의 재고를 정리하는 날이 돌아왔다. 컴퓨터에 기록된 재고 목록을 날려버리고 실제 책장에 꽂힌 책들을 하나하나 다시 기록하는 일로, 나 말고도 직원 셋이 동원되어 밤새도록 해야 하는 작업이었다. 월말 정산까지 겹치는 때도 있었는데 그날 밤이 그랬다. 나는 밤이 깊어서야 가방에 두꺼운 영수증 묶

While I lay next to him, I sometimes talked to him about father. Father, who took care of mother without any complaints. Father, who handled the affairs of our household without the slightest trace of masculinity, who looked more like my grandmother than my father. My tiny-framed father.

I wish mother would just die.

And father, too.

Did I really say that? I am not sure which of the two sentences I said. If I hadn't said both of them, I must have said at least one of them. When I said I wouldn't ever have a baby, Ho-jae didn't ask me why.

After finishing his final semesters without any problems, Ho-jae tried to find a job. But it wasn't easy. The more screening and interviews he went through the more dejected he became. He was employed once as an office clerk, but he quit within two months. He became even more depressed because of this. Ho-jae said that he needed a lot more qualifications to land a good job. He said he didn't have anything that would make him stand out, and that he felt this more and more acutely. He was rough in the motel bed, pushing my legs up abruptly and pressing down hard on top of my

음을 넣은 채로 호재를 만나러 갔다. 호재는 모텔에서 기다리고 있었다. 밤을 새우다시피 일한 뒤라서 나는 호재가 내 위에 있는 동안 깜박깜박 졸았다. 어느 순간 호재가 멈췄고 호재의 턱인가 어딘가에 맺혔던 땀방울이 내 입으로 떨어졌다. 나는 놀라서 눈을 떴다. 뱃속에 퍼지는 한 줌 온기를 느꼈는데 그 느낌이 몹시 섬뜩했다. 나는 호재를 손바닥으로 두드렸다. 하지 마.

하지 마, 라고 하면서 호재의 등을 찰싹찰싹 때리는 동안 호재는 멍한 눈빛으로 내 얼굴을 내려다보고 있었다.

그날 밤에 호재와 나는 다퉜다. 입 밖으로 꺼낼 생각이 없었던 말이 쏟아졌고 그 말 때문에 더 거친 말이 오갔다. 말하면서 스스로 놀라고 스스로 상처받게 되는 말들이었다. 그날의 거의 마지막 순간에 나는 욕실에서 신경질을 내며 훌쩍거렸다. 호재는 내가 그러고 있는 동안 침대 모서리에 앉아 죄를 지은 아이처럼 얼굴을 찡그리고 있었다.

호재와는 그 뒤로도 계속 만나다가 서로 연락하지 않게 되었다. 어느 밤 영화관 앞에서 말다툼을 했는데 호

body. Under his unbearable weight, I studied his face carefully. Sometimes, we didn't use any protection because Ho-jae insisted that we not. But on those days Ho-jae looked even more worried than me afterwards. We had to re-stock the bookstore's inventory every three or four months. We had to erase the entire inventory that was already on the computer and input the new information on the books that remained on the shelves one by one. In addition to myself, three other workers had to labor overnight on this. Sometimes, this inventory work overlapped with my monthly spreadsheet task. One night after this ordeal, I went to see Ho-jae in the middle of night with a thick bundle of receipts stuffed in my bag. Ho-jae was waiting for me in a motel room. I had stayed up almost the entire night and so I dozed off while Ho-jae was still on top of me. Ho-jae stopped and several beads of sweat fell into my mouth from somewhere around his jaw. Surprised, I opened my eyes. I could feel a thin line of warmth spreading inside me. It was a terrifying feeling. I slapped Ho-jae on his back with an open palm. *Don't.* When I slapped his back and told him: Don't, Ho-jae just stared down at me blankly.

He and I fought that night. Words we didn't com-

재는 영화 티켓과 나를 내버려둔 채 뒤돌아 가버렸고 돌아오지 않았다. 그걸로 끝이었다.

나는 계속 서점에 다니며 호재의 고양이들을 돌보았다. 세 마리의 새끼 고양이는 다 커서 시루와 인절은 어디론가 사라지고 콩이 남아 있다가 인절이 새끼를 밴 채로 돌아왔다. 콩은 자매를 기억하고 있었는지 인절의 냄새를 맡으며 돌아다니다가 인절의 곁에 머물렀다. 인절의 새끼들이 태어나자 콩은 그들과도 별로 다투는 일 없이 잘 지냈다.

화단엔 늘 고양이가 몇 마리 있었다. 고양이들은 사라졌다가 다시 나타나고는 하며 밥을 먹고 갔다. 화단에서 밥을 먹고 자란 암컷들은 새끼를 배면 화단으로 돌아왔다. 어미 고양이와 새끼들. 그들이 대를 바꿔가며 어디론가 갔다가 돌아오곤 하는 동안 호재의 우산은 그대로 관목 위에 펼쳐져 있었다. 낡은 우산살 위로 우산천이 말려 올라간 모습으로 말이다. 비가 내리면 나는 호재가 두고 간 우산 위로 빗방울이 튀는 소리를 들으며 입구에 서 있고는 했다. 호재는 이제 어디에 있을까. 잠버릇은 여전할까. 그 잠버릇을 알아채줄 여자 친구를 사귀었을까. 특별히 내게 못해준 것도 아닌데, 호재가

pletely mean poured out of our mouths, and these brought out even rougher words between us. Those words surprised and hurt us even more. By the last moments of that night, I was sobbing hysterically in the bathroom. Ho-jae sat on the corner of the bed and grimaced like a guilty child.

Ho-jae and I continued to see each other for a while until one day we stopped. One evening, we fought in front of a movie theatre. Ho-jae turned around and left me with the tickets and never came back. That was it.

I continued to work at the bookstore and took care of Ho-jae's cats. The three kittens all grew up, and Siru and Injeol disappeared for a while, leaving only Kong at home. One day Injeol returned, pregnant. Kong seemed to remember that Injeol was her sister. Kong sniffed around Injeol and then stayed next to her. When Injeol's kittens were born, Kong was friendly towards them too.

There were always a few cats in the garden. They disappeared and returned to eat and then went away again. The female cats returned when they got pregnant. While the mothers and kittens went away and returned generation after generation, Ho-jae's umbrella remained open on top of the

다음 여자 친구에겐 더 잘해줄 거라고 나는 생각했다.

맑은 날도 흐린 날도 유리 너머에 있었다. 햇빛은 하루 중 가장 강할 때에만 계단을 다 내려왔다. 유리를 경계로 바깥은 양지, 실내는 어디까지나 음지였다. 수많은 형광등 불빛으로 서점은 좀 지나치다 할 정도로 밝았으나 조도가 질적으로 달랐다. 나는 뭐랄까, 창백하게 눈을 쏘는 빛 속에서 햇빛을 바라보는 일이 많았다. 어느 날의 일인지는 분명하지 않다. 오후에, 유리를 통해 노랗게 달아오르고 있는 계단을 바라보다가 저 햇빛을 내 피부로 받을 수 있는 시간이 하루 중에 채 삼십 분도 되지 않는다는 것을 알았다. 햇빛이 가장 좋은 순간에도 나는 여기 머물고 시간은 그런 방식으로 다 갈 것이다. 다시는 연애를 못 할지도 모르겠다고 생각했다. 그런 기회를 더는 상상할 수 없었다.

서점엔 아침부터 저녁까지 일하는 직원이 넷이었고 오전과 오후에 일하는 아르바이트 직원들이 있었다. 서점 주인은 채용 정보를 인터넷 커뮤니티에 올렸다. 그걸 보고 더 좋은 직장에서는 아마도 자신을 받아주지 않을 거라고 여기는 아이들이 왔다. 멍한 눈길로 사방

shrubs—although its cloth was eventually torn and rolled up over the ribbing. When it rained, I often stood near the entrance, listening to the raindrops bounce off the umbrella. *Where is Ho-jae now? Is he still sleeping in that peculiar way? Has he found a girl-friend who's able to recognize that peculiar habit of his?* Although Ho-jae had not done particularly ill by me, I thought he'd treat his next girlfriend better.

There were both clear and cloudy days behind the glass. The sunlight came down to the bottom of the stairs only at the time of the day when it was at its strongest. On both sides of the glass, it was sunny outside and shady inside. Although the bookstore was almost too bright because of all of its florescent lighting, the quality of bookstore's illumination was fundamentally different. I often looked out at the real sunlight, standing within the store's pale, strident light.

I cannot remember exactly when, but one afternoon while I was staring up at the stairs, burning yellow through the glass, I realized that I was exposed to that sunlight less than thirty minutes a day. That I would stay here even when the sunlight was like this, and that time could fly by like this for me, I couldn't quite believe. I thought I might not ever have a love affair again. I could no longer

을 둘러보고 시키지 않은 일은 하지 않고 실수해서 혼을 내도 특별하게 더 주눅 드는 기색 없이 다만 물끄러미 이쪽을 보는 아이들. 그런 아이들은 급여를 받고 나면 이튿날엔 출근을 하지 않고 연락도 되지 않는 경우가 많았다.

재오는 나보다 다섯 살이 어렸는데 명문대를 졸업한 고시생이었다. 본격적으로 국가고시를 준비하기 전에 용돈이나 벌려고 서점에 들어왔다고 그는 말했다. 서점 근처의 아파트에 산다던 그는 처음엔 오전 아르바이트로 일하다가 두 달이 지난 뒤부터는 오후에도 일했다. 쾌활한 편이었는데 말하다 보면 이상한 방식으로 대화가 꼬였다. 재오는 아무것도 주의 깊게 듣지 않았다. 하지 않은 걸 했다고 대답하거나 한 것을 하지 않았다고 대답하는 일도 많았다. 자기가 모르는 것에 관해서도 안다고, 자기가 아는 것이 옳다고 무섭게 고집을 부리다가, 결국은 몰랐고 틀렸다는 게 증명되면 여태까지의 고집이 다 장난이었다는 것처럼 그런가 보네, 하고 말았다. 재오에게는 지렛대처럼 생긴 전용 커터로나 끊을 수 있는 두꺼운 플라스틱 끈을 얇은 커터로 수백 번씩 긁어서 마침내는 끊고 마는 집요함이 있었고, 그 와중

imagine a chance for it.

There were four clerks who worked from morning until evening in the bookstore, and part-time clerks either in the mornings or afternoons. The owner posted hiring information on Internet forums. Kids who thought they wouldn't be hired at better places came to work here—kids who just stared at things blankly, who never did anything other than what they were ordered to do, who when they were scolded for their mistakes never lost heart, and just stared back at you. Many of them didn't show up the day after they got paid. Often, no one could reach them later either.

Jae-o was five years younger than me. A graduate from a prestigious college, he was preparing for a civil service examination. He said that he wanted to save some money before he launched into exam preparation full-time. He lived in an apartment near the bookstore and began to work part-time in the mornings. After two months, he began to work in the afternoons as well.

He was a cheerful person, but conversations with him always ended up getting strangely sidetracked. Jae-o wasn't attentive to what other people said. Also, he often said that he did things that he hadn't

에 소중하거나 두려운 것이 없다는 듯 피복된 전선에 아무렇게나 손을 대는 둔감함, 어떤 마비 상태 같은 것이 있었다. 나는 그런 것을 매일 곁에서 지켜보고 접하는 게 섬뜩했다.

누나.

어느 날은 재오가 내게 다가와 말했다.

여기 창고가 실은 통로라는 거 알고 있어요?

서점에서는 서점에 딸린 지하실을 창고로 사용하고 있었다. 서쪽 귀퉁이에 안쪽으로 열리는 작은 문이 있었고 그 문으로 들어서서 곰팡내 나는 계단을 내려가면 펼쳐지는 공간이었다. 지하층의 지하랄까. 서점의 지하였으므로 서점의 면적만큼 넓은 공간이었고 그건 곧 상가 전체의 면적만큼 넓다는 의미였다. 높은 천장엔 굵은 파이프들이 기하학적인 형태로 얽혀 있고 내벽들은 페인트칠도 되어 있지 않은 상태로 시멘트 마감을 노출하고 있었다. 재오는 그 공간이 낡고 거대한 아파트 단지의 구석구석을 관통하는 지하터널의 일부라고 말했다. 상가를 관리하는 아저씨에게 들은 이야기라는 것이었다. 한쪽 벽이 나무판자로 되어 있는데 그 판자 너머로 거대한 터널이 이어져 있다는 이야기였다. 전쟁이

done, or vice versa. He often insisted that he knew things he didn't know, and vice versa as well. And then, when it was proven that he hadn't known something, or that he was wrong, then he just said, *Oh, I see*, as if he had only been joking, when he had insisted that he knew something or that he had been right all along.

Jae-o had the insensate tenacity to cut a thick plastic cord, which you could only cut with a special lever-shaped cutter, with a thin regular cutter by sawing at it hundreds of times. At the same time, he had a kind of insensibility, a sort of numbness that would lead him to randomly touch a covered electrical wire as if nothing was precious or frightening to him. It was terrifying to watch him act like this every day.

One day, Jae-o came up and began talking to me.

Sister, do you know that the storeroom here is actually a passageway? He said.

There was an underground storeroom under the bookstore. A small door opened inward at the bookstore's western corner. Once through that door, stairs led downward. You might call it the underground floor of the basement.

This room was as large as the bookstore itself,

나거나 유사한 상황이 벌어질 경우 아파트 단지의 주민들이 모두 그곳으로 대피할 수 있도록 만들어둔, 규모의 지하터널. 다 연결되어 있어.

대피소야 대피소, 라고 말하며 재오는 낄낄거렸다. 그게 왜 우스운지, 왜 웃는지 알 수 없어 바라보자 재오는 알 만하다는 듯 고개를 끄덕이며 나를 보다가 자기가 하던 일로 돌아갔다.

창고 안에선 어디서 불어오는지 알 수 없는 바람이 불었다.

고밀도의 포자가 느껴지는 냉랭하고 습한 바람이었다. 재오의 이야기를 들은 뒤로 나는 그 바람이 터널로부터 불어오는 바람이라고 생각했고 그가 말한 안쪽 벽 앞에 서서 귀를 기울여보기도 했다. 바람은 정말 그 벽에서 불어오는 것 같았다. 주먹으로 두드리면 소리가 울렸다. 벽 반대쪽의 터널을 상상하기에 충분할 정도로 크고 공허한 소리였다. 터널을 상상하게 되면서 나는 창고가 싫었다. 본래도 좋아했다고 말할 수는 없었지만 창고로 내려갈 때면 기묘한 생물의 대가리로 들어가는 듯한 기분을 느꼈다. 길고 어두컴컴하고 커다란 생물의

which meant that it was as large as the entire building area. Thick pipes crossed each other geometrically on its high ceiling. The unpainted walls showed the building's cement finish. Jae-o claimed that this space was a part of an underground tunnel that connected every corner of the entire old, giant apartment complex. He said that he had heard about it from the building manager. There was a boarded wall in this underground space, beyond which was an enormous tunnel that connected every building in the apartment complex, according to Jae-o.

It's an underground tunnel so big that it can accommodate all inhabitants of the apartment complex during war or similar situations. It's all connected, Jae-o informed me. *It's a shelter, you know, a shelter*. He giggled.

I couldn't understand why this was funny, why he would laugh. As I continued staring at him, Jae-o nodded as if he had understood something about me and then went back to his work.

There were drafts in the storeroom. It was hard to tell where they came from. They were cold and damp, suggesting that they probably contained a lot of mold. After Jae-o's claim, I thought they

입을 향해서 말이다. 점심을 먹을 시간이 되면 한 사람씩 교대로 창고로 내려가서 아무 박스에나 걸터앉아 밥을 먹었는데 나는 그 벽을 마주 보고 앉았다. 등지는 것보다는 마주 보는 것이 나았다. 그 시기에 나는 어디까지 이어졌는지 알 수 없는 검은 공간을 끝없이 걸어가는 악몽을 꾸고는 했다. 마디가 나타나야 그 마디를 통해 나갈 수가 있는데 마디가 나타나지 않는다는 꿈이었다. 긴 벌레의 몸통 같기도 하고 구렁이의 몸속 같기도 한 터널을 언제까지고 걸었다. 그게 다인 꿈이었으나 내게는 악몽이었다.

재오는 서점에서 일 년 반을 일하고 그만두었다. 그달치의 급여를 받고 다음 날 나오지 않았다. 학기 초라 오전부터 정신없이 바쁠 때라서 서점 주인이 조바심을 내며 재오에게 전화를 해보라고 말했고 내가 통화했다. 여보세요, 라는 말에 재오는 대꾸가 없었다. 올 거냐고 묻는 말에 재오는 내가 왜요, 라고 되물었다. 재오는 서점을 떠나면서 퇴직금을 요구했다. 아르바이트에게 무슨 퇴직금이냐고 반박하는 사장에게 그건 법으로 보장된 권리이고 끝끝내 주지 않겠다고 할 경우 서점의 탈법적 장부 관리와 4대 보험에 가입되지 않은 고용 형태

came from the tunnel. Sometimes I even stood in front of the boarded wall and tried to listen in. The drafts really did seem to blow in from there. When I tapped the wall, I could hear a booming sound. It was loud and hollow enough that I imagined there was a tunnel behind the wall.

After I started imagining what was inside the tunnel, I no longer liked the storeroom. I hadn't really liked it before then, but now I felt as if I was entering the bowels of a strange animal whenever I went downstairs—the bowels of a long, dark, enormous animal. During lunch hour, we went down to the storeroom one by one and sat on top of some of the boxes and ate. I sat facing the wall. This felt better than having my back against the wall. During this period, I often had nightmares in which I would walk forever and ever in some dark space that seemed to go on endlessly. If there was a turn or kink in the walkway, I thought I would be able to go out through it, but I kept going and going without ever encountering one. I walked and walked down a tunnel that seemed like the body of a long caterpillar or snake. That was the only thing that happened in these dreams, but it seemed like a nightmare to me.

Jae-o worked for a year and half at the book-

에 관해 할 말이 많다고 주장한 모양이었다. 서점 주인은 재오에게 당했다고 말했고 이즈음부터 내 눈치를 보며 거래에 관해 비밀을 만들기 시작했다. 내게 맡겨두었던 장부도 도로 가져가서 직접 관리했고 고용 문제로 기분이 좋지 않을 때마다 배은망덕, 이라는 말을 입에 올렸다.

그래도 나는 서점에 남았고 열심히 일했다. 넓은 간격이 있었지만 차츰 월급도 올라서 내가 쓸 돈도 조금 생겼다. 어머니는 여전히 암 투병 중이었고 아버지는 매일 아침 간장으로 졸인 반찬이 담긴 도시락을 내게 싸주었다. 나는 때가 되면 곰팡내가 나는 창고로 내려가 벽을 바라보며 그걸 먹었다. 그런 나날이었다.

*

나는 그 소녀를 그곳에서 보았다.

봄, 학기 초의 번잡함으로 정신이 쏙 빠져나갈 듯한 계절이었다. 한꺼번에 밀려든 사람들을 어느 정도 내보내고 마감 직전의 공백에 멍하게 서 있을 때였다. 서점에서는 그즈음 담배를 팔고 있었다. 계산대 뒤에 유리

store, until one day, the day after payday, he just didn't show up. It was the beginning of the school semester, so we were all extremely busy. Anxious, the bookstore owner asked me to call him. I called and said, *Hello*, but he didn't respond. When I asked if he was going to come to work, he said, *Me? Why?*

Jae-o then demanded that the bookstore owner pay him a retirement allowance. When the owner responded, *What retirement allowance, for a part-time employee?* Jae-o argued that it was his right guaranteed by the law and that he had a lot he could talk about concerning the bookstore's illegal bookkeeping and employment practices if the owner refused to pay him. According to Jae-o, the bookstore owner was violating the legal requirement that employers were all obligated to subscribe to four basic types of insurance (health, retirement, unemployment, and accident) for their employees. The owner said that he felt betrayed by Jae-o. But it was around this time that the owner began to be careful around me and conduct some parts of his business in secret. He took books back from me and began managing them himself. And whenever he was unhappy about matters related to us he muttered "ingratitude."

덮개와 자물쇠가 달린 선반을 마련하고 그 속에 담배를 진열해두었다. 담배를 파는 데엔 규칙이 있었고 나는 그걸 지켰다. 학생이 자주 드나드는 서점이었으므로 아주 확실한 경우를 제외하고는 신분증을 제시하는 사람에게만 팔았다.

그날 밤에 웬 소녀가 계산대 앞에 서더니 담배를 달라고 했다. 두 갑. 목에 리본이 달린 교복을 입고 있었고 담뱃값인 듯 오른손에 지폐를 쥐고 있었다. 예쁘장한 아이였고 도전하는 듯한 눈빛으로 나를 보았는데 조금 불안해 보였다. 학생에게는 담배를 팔 수 없다고 말하자 소녀는 심부름을 온 거라고 대답했다. 자기에게 심부름을 시킨 어른들이 저기서 기다리고 있다고 말하며 바깥을 가리켜 보였다. 고개를 돌려 바라보자 공중전화 곁에 서 있는 남자들이 보였다. 둘이었다. 둘 중에 하나는 모자를 쓰고 이쪽을 바라보고 있었다. 이제 됐죠? 소녀가 퉁명스럽게 말했다. 저 사람들더러 직접 내려와서 사라고 해, 내가 말하자 그녀는 우물쭈물하더니 서점을 나갔다. 나는 그 애가 계단을 올라가서 그 남자들에게 다가간 뒤 뭐라고 말하는 것을 지켜보았다. 내가 한 말을 전한 듯 이번엔 모자를 쓴 남자가 천천히 계단을 내

I stayed in the bookstore and worked hard. Although not very often, I got raises occasionally, which left me with some pocket money. Mother was still struggling with cancer and father packed my lunch every morning, which included something boiled hard with soy sauce. Every day, I went down to the storeroom during lunchtime and ate, staring at the wall. That was how my days went by.

*

It was at the bookstore where I saw the girl.

It was spring, a season that always seemed to drive us crazy with its beginning-of-the-semester frenzy. I was just standing around absentmindedly before the store closed and after I had sent away most of the customers who had rushed in at the same time. We sold cigarettes then. We displayed the cigarettes on locked shelves behind little glass doors by the counter. There were rules about selling cigarettes, and I always followed them. Since students frequented the bookstore, we only sold cigarettes to customers who presented their IDs, except for those customers we knew well.

That night, a girl came to the store and stood in front of the counter and asked for two packs of

려왔다.

계산대 앞에 선 그는 바깥에 있을 때보다 작고 진해 보였다. 다부진 체구에 어두운 챙이 달린 모자를 쓰고 매캐한 냄새를 풍겼다. 방금 전에 여자아이가 담배를 달라고 하지 않았습니까, 그가 정중하게 말했다. 제가 시켰어요, 밖에 제가 있었는데 왜 담배를 주지 않았습니까.

눈에 초점이 없었다. 모자챙으로 그늘져 있었지만 충혈된 것이 보였고 흰자위가 노랬다. 담배를 살 거면 신분증을 보여야 한다고 말하자 그는 비웃는 것처럼 픽 웃더니 주머니를 뒤져 지갑을 꺼냈다. 낡은 가죽 지갑이었다. 그는 그 속에서 신분증처럼 보이는 사이즈의 카드를 꺼내 한 손에 쥐더니 그걸 건네지는 않고 나를 빤히 보다가 말했다. 담배 몇 갑 사자고 내 개인정보까지 댁한테 까야 하는 이유가 뭡니까. 나는 성인인데 내가 왜 그래야 합니까. 댁의 뭘 믿고 내가 이걸 보여줍니까. 장사 제대로 하십쇼.

그는 신분증을 쥔 손을 바지 주머니에 넣더니 어슬렁거리며 서점을 나갔다. 또 다른 남자와 소녀가 계단 위에서 그를 기다리고 있었다. 그들은 다시 전화박스 곁

cigarettes. She was wearing a school uniform with a ribbon around her neck and was holding paper money in her right hand. She was pretty and looked at me as if she was challenging me, although she also looked a little anxious. When I told her that I couldn't sell cigarettes to a minor, she said that she was on an errand. The adults were outside, she told me, and gestured outside. I turned my head and looked out to see two men standing near the phone booth. One of them was wearing a hat and looking in our direction.

Now, can you sell them to me? She asked me a little more forcefully.

When I told her, *Tell them to come down and buy them themselves*, she hesitated for a moment and then went out. I saw her walk up the stairs, approach the men, and talk to them. It seemed that she had told them what I'd said. Now the man wearing a hat was slowly walking down the stairs.

The man looked smaller and thicker at the counter than outside. He was solidly built, wore a dark-brimmed hat, and smelled of smoke. *Didn't that young girl ask for cigarettes just now?* He asked politely: *I asked her for me. Why didn't you sell her the cigarettes when you saw me outside?*

His eyes were blank. They were shaded by the

에 서서 뭔가 말했다. 남자들이 말하면 소녀는 고개를 끄덕이거나 저었다. 남자들은 주머니에 넣고 있던 손을 빼서 소녀의 머리를 건드리거나 잘록하게 들어간 옆구리를 건드리곤 했다. 그때마다 소녀는 몸을 움츠리며 웃었다. 소녀의 머리 위로 마른 눈처럼 꽃이 지고 있었다.

어떡할까.

그건 정말 이상한 광경이었다. 이상하다고 생각할 게 별로 없어 보였는데도 그랬다. 단지 모여 서서 이야기를 하고 있을 뿐이었는데 말이다. 그 남자들과 소녀는 너무 무관해 보였다. 나는 그들이 잘 아는 사이는 아닐 거라고 생각했고 그 생각 때문에 마음이 불편했다. 손가락 끝으로 계산대를 두드리며 나는 망설였다. 지금이라도 저 문밖으로 나가서 소녀에게 물어볼까. 그 남자들과는 어떤 관계냐고, 어디서 어떻게 만났느냐고 물어볼까. 그걸 물어볼 권리가 내게 있나. 그냥 경찰에 신고를 할까. 신고를 해서 뭐라고 할까. 어떤 여자아이가 남자들과 이야기를 하고 있어요. 그런데 그게 신고를 할 정도로 죄인가? 죄나 되나. 죄가 되더라도 그걸 신고할 의무가 내게 있나. 나중에 해코지라도 당한다면 어떡할

brim of his hat, although I could see that they were blood-shot and yellow-white. When I said that he had to show me his ID if he wanted to buy cigarettes, he seemed to grin, rummaged through his pockets, and took out his wallet. It was worn-out leather. He took out a card that looked like his ID but didn't hand it to me. He held it in his hand and stared at me. And why should I show you my personal information just to buy a few packs of cigarettes? Why should I do that, a full-grown man? How can I trust you and show you my ID? Please, try to be a better cashier next time, he said.

He thrust his ID back into his pocket and then strolled out of the bookstore. The other man and the girl were waiting for him at the top of the stairs. They stood next to the phone booth and discussed something. When the men said something, the girl either nodded or shook her head. The men took their hands out of their pockets and touched the girl's head and the sides of her slender body. Every time they did this, the girl shrank back a little, and laughed. Above the girl's head, flowers were falling like solid, dry snow.

What should I do?

It really was a strange scene. It was very strange, even though there weren't that many things that

까. 서점은 항상 여기 있고 나는 매일 여기로 출근할 수밖에 없는데 앙갚음의 표적이 된다면?

나는 관두자고 마음먹었다. 성가시고 애매한 것투성이였다. 그들이 본래부터 알던 사이일 거라고 여기는 것이 편했다. 누가 알겠나. 나는 남의 일에 참견할 정도로 한가롭지 못하다. 내가 무슨 판단을 했나를 생각해볼 겨를도 없이 나는 판단을 마쳤고 몸을 돌려 그날의 매출을 전산 자료로 정리하며 퇴근할 준비를 했다. 어느 순간 고개를 들어 바깥을 내다보았을 때는 이미 그들이 가버린 뒤였다.

그 일이 벌어지고 난 뒤로 나는 많은 질문을 받았다.

나는 한 번도 그렇게 중요한 인물이었던 적이 없었다. 사람들은 내게 뭘 보았느냐고 물었다. 그들이 뭘 입고 있었고 어떻게 생겼고 어떤 행동을 했고 말투는 어땠는지, 어느 방향으로 갔는지를 물었다. 나는 내가 대답할 수 있는 질문엔 대답했고 그렇지 않은 것엔 잘 모르겠다고 대답했다. 대답이 중요한 질문일수록 잘 모르겠다는 대답이 나왔다. 그 남자들은 어떻게 생겼나. 그들이 어느 방향으로 갔나. 경찰서로 불려가 사진도 여러 장

made it immediately odd. They were just standing together and talking. The men and the girl looked so unrelated. I thought that they couldn't possibly know each other very well and felt very uncomfortable thinking this. I tapped the counter with the tip of my finger and hesitated. Should I step outside now and ask her what her relationship was with them? Where and when had she met them? Did I have the right to ask her that? Should I just call the police? If so, what should I tell them? A girl was talking with some men? Was that criminal enough to report to the police? Was that a crime? Even if it *was* a crime, was it my duty to report it? What should I do if my actions later put me in danger? What if I became the target of some plot to get back at me for my suspicions? After all, the bookstore would always be here and I would always work here.

I finally decided that I probably shouldn't get involved in their affairs. It was too troublesome and the situation too ambiguous. It was much easier to just think that they were acquaintances. Who really knew? I wasn't casually nosy enough to meddle in other people's business. I finished thinking about it even before I had time to reflect on my decision. I turned around and began to close the store,

보았는데 나는 어떤 것도 분명하게 짚어내지 못했다. 그들은 어떤 사람이었을까. 지금도 그것을 생각하면 가로등 아래 모자를 쓰고 이쪽을 바라보고 있는 남자의 모습이 떠오른다. 머리 위로 쏟아지는 가로등 불빛 때문에 더 어둡게 그늘진 모자챙 속에서 이쪽을 보고 있는 남자의 얼굴이다. 내가 들여다보았던 사진 가운데 어느 것과도 닮지 않았고 모든 것과도 닮은 듯한 얼굴이었다. 경찰서에서 나는 진땀을 흘리며 몇 번이고 사진들을 들여다보고 나서 한 장을 조금 앞으로 밀었다. 이 사람이 맞느냐고 경찰관들이 물었고 나는 그 질문을 한 번 더 생각해본 뒤 가장 닮은 것 같은데 실은 잘 모르겠다고 대답했다. 실제로도 나는 많은 것을 몰랐다. 사라진 소녀의 이름이 진주라는 것도 경찰을 통해 알았다.

좋아하는 팝 가수의 콘서트 티켓을 예매해두고 그녀는 사라졌다.

아파트 단지를 빠져나가는 지점의 화단에서 관목 깊숙이 숨겨진 가방이 발견되었고 아파트 단지로부터 멀지 않은 건축 공사장에서 분비물이 묻은 속옷이 발견되었다. 여자용 속옷. 헝겊 공처럼 돌돌 말려서 벽돌 틈에

checking that day's sales data on the computer. When I looked up and outside at some point, they were already gone.

After that incident, everyone kept asking me questions.

I had never been such an important figure in my life. All kinds of people asked me again and again what I had seen. What were they wearing, what did they look like, what were they doing, what was their manner of speaking, which direction did they go in? I answered what questions I could and said that I didn't know to the questions I couldn't. The more important the questions were, the more often I told them that I didn't know. What the men looked like, which direction they had gone in. I was summoned to the police station and shown a lot photos, but I couldn't clearly identify them.

Who were they? Even now, when I think about that question, I can only remember the man wearing the hat and looking in my direction under the streetlamp. His face under the brim of his hat, even more shaded because of the streetlamp that poured light just above him, looked so different from—but, at the same time, so similar to—the photos I was shown. After sweating over the pho-

쑤셔 넣은 상태로 말이다. 실종된 날에 마지막까지 함께 있었던 동급생은 진주와 헤어진 장소로 서점에서 백오십 미터 떨어진 등나무 벤치를 가리켰고 주변을 탐문하던 경찰들이 나를 찾아왔다. 단지의 주민이 단지 내부에서 사라진 사건이었으므로 소문이 빠르게 돌았다. 사람들은 소문의 그 장소를 보러, 뭐가 됐든 내게 질문을 하러 서점을 찾아왔다. 고성이 오가는 날도 있었다. 여기서 그 소녀가 사라졌다.

내가 그녀를 마지막으로 목격한 사람이었다.

비정한 목격자.

보호가 필요한 소녀를 보호해주지 않은 어른.

나는 그게 되었다.

그리고 진주의 어머니라는 사람이 있었다.

그녀는 매일 서점으로 찾아왔다. 가무잡잡한 피부에 나이가 많고 성장기의 딸보다도 더 작은 몸을 가진 사람이었다. 팔다리가 가늘었고 머리도 작았다. 일정한 비율로 축소된 인간, 덜 자란 인간으로 보였다. 나는 그녀가 가난한 부부의 첫 번째 자녀쯤으로 태어났을 거라고 생각했다. 산모는 양껏 먹지 못했을 것이고 태어난

tos again and again, I pushed a photo over to the policemen. They asked if I was sure, and I thought it over, and said that he looked the most similar, but I wasn't entirely sure. I really didn't know much about the incident. I learned from the police later that the disappeared girl's name was Jinju.

She disappeared after she had purchased a ticket to her favorite pop singer's concert.

A bag was found hidden deep inside the bookstore's garden at the entrance of the apartment complex. One pair of underwear, smeared with bodily fluids, was found at a construction site near the apartment complex. It was women's underwear, rolled up in ball and stuck between some bricks. Her classmate, who was the last person to see her before she disappeared, pointed to a bench under a wisteria 150 meters away from the bookstore as the place where they had parted. The police who came to search the area had eventually come to me. Since the incident involved a resident who had disappeared in an apartment complex, the news travelled fast. People visited the bookstore to check the location of the incident, or to ask whatever questions came to them. There were days when even random people yelled at me.

The girl disappeared *here*. You were the last per-

아이도 제대로 먹지 못하고 자랐을 것이다. 실제론 어땠는지 몰라도 그런 걸 생각하게 만드는 사람이었다. 그녀는 노산老産으로 진주를 낳은 듯했다.

진주의 어머니는 진주의 사진이 실린 전단을 한 묶음씩 옆구리에 낀 채로 서점 주변을 돌면서 사람들에게 나누어주었다. 꽤 멀리까지 나가서도 전단을 돌리고 난 후엔 서점에 들렀다. 그녀는 매일 오후 계산대 앞에 서서 용의자를 보았느냐고 물었다. 용의자와 닮아 보이는 사람이 오늘 서점에 들르지는 않았는지, 근처에서 그를 보았다는 사람은 없었는지를 묻고서 내게 무얼 보았느냐고 물었다. 본 것을 말해달라고 몇 번이나 졸랐다. 그 남자들은 어떻게 생겼나. 진주가 그들과 무엇을 하고 있었나. 그 애가 어떻게 보였나. 취한 것처럼 보였나. 맞은 것 같지는 않았나. 얼굴이나 팔뚝에 상처가 있지는 않았나. 협박당하는 것 같지는 않았나. 무서워하는 것 같지는 않았나. 애가 울고 있지는 않았나. 어느 방향으로 갔나. 그 애가 어느 쪽으로 갔나. 그런 것을 몇 번이고 물었다. 그런 다음에 그녀는 나에게 그때 무얼 하고 있었느냐고 물었다. 마지막엔 언제나 그렇게 물었다.

son who had seen her.

The heartless eyewitness.

An adult who did nothing to protect a child who needed protection.

That was who I became.

Then there was Jinju's mother.

She came to the bookstore every day. She was a tiny old woman with dark skin. She was smaller than her teenage daughter. Her limbs were thin and her head was small. She looked like a person that had been proportionally shrunken, someone whose growth had been stunted. I thought she must have been the first child of a poor couple. Her pregnant mother must not have been able to eat well, and then, on top of that, after she was born the child must not have been able to eat well either. I didn't know her real history, but this was the image she stirred in me. She must have given birth to Jinju when she was old.

Jinju's mother distributed fliers to passersby around the bookstore. There was a bundle of fliers always tucked at her side. After handing out fliers all over the area, even traveling far to do it, she still dropped by the bookstore every day. Every afternoon, she stood in front of the counter and asked

진주는 나타나지 않았고 발견되지도 않았다. 연락도
자취도 없었다.

나는 창고와 연결된 지하터널을 의심했다. 내가 매일
밥을 먹으며 바라보는 그 벽 너머를 말이다. 온 데를 다
뒤져도 나오지 않으니 진주는 어쩌면 거기 있을지도 몰
랐다. 재오가 이야기한 대로 아파트 단지의 구석구석을
관통하는 거대한 터널이라면 진주는 거기 어디쯤에 숨
거나 숨겨졌을지도 모른다고 나는 생각했다. 거길 뒤져
야 하는 것 아니냐고 내가 말하자 상가 관리인은 영문
을 모르겠다는 얼굴로 나를 보았다. 뭐요?

그 벽 뒤엔 아무것도 없다고 그는 말했다. 지하터널
같은 것은 없다. 곰팡이가 너무 심해서 그 벽에서 조금
떨어진 지점에 가벽을 세워놓았을 뿐이라는 이야기였
다.

나는 얼떨떨해져서 서점으로 돌아왔다. 다른 날처럼
계산대를 지키고 있다가 아르바이트 직원들이 모두 밥
을 먹고 난 뒤 마지막 순번으로 창고로 내려갔다. 식탁
과 의자로 사용하는 박스 위에 도시락을 내려놓고 공구
를 모아둔 캐비닛을 뒤졌다. 전선들, 납작해진 본드 튜
브, 나사들, 못들, 쥐 끈끈이, 시너 통, 드라이버, 곰팡이

if I had seen the suspect. After asking me if any-
body resembling the suspect had dropped by the
bookstore that day, if anyone had seen him nearby,
she asked me what I had seen. She insisted that I
tell her exactly what I had seen. What the men
looked like. What Jinju was doing with them. How
Jinju looked. If she looked drunk. If she looked like
she had been beaten. If there were bruises on her
face or wrists. If she looked like she had been
threatened. If she looked scared. If she was crying.
Which direction they had gone in. Which direction
she had gone in. She asked me the same questions
over and over again. Then she asked me what I
was doing then. She always asked that question
last.

Jinju didn't show up, and she wasn't found. No
calls, no traces of her whereabouts.

I thought about how that underground tunnel re-
ally could have been connected to the storeroom.
The space behind the wall that I looked at every
day during lunchtime. She hadn't been found de-
spite several thorough searches for her, but she
might have been down there. If it was an enor-
mous tunnel that went through the entire apart-
ment complex, as Jae-o had claimed, Jinju could

제거제, 막대와 집게들. 내가 찾는 것은 망치였는데 그 것만 눈에 보이지 않았다. 위에 쌓인 것들을 넘어뜨리고 무너뜨려가며 뒤지다가 나는 마침내 중간 선반에서 바짝 마른 걸레로 덮인 망치를 찾아냈다. 그걸 쥐고 그 벽 앞에 섰다. 습기와 곰팡이가 덩굴무늬처럼 번진 벽 귀퉁이를 바라보았다. 그러고 있는 와중에도 벽 너머에서 불어오는 바람이 느껴졌다. 관리인이 모를 뿐이었다. 그가 모를 뿐 터널은 있다. 봐. 바람이 분다. 터널을 관통하는 바람이 이렇게. 나는 그걸 확인할 수 있었다. 망치를 들어서 몇 번 휘두르면 가능했다. 어쩌면 계란 껍데기를 뚫는 것처럼 쉬울 수도 있었다. 그리고 바로 그 때문에 나는 그렇게 할 수 없었다.

터널이 있는 것과 터널이 없는 것.

요즘도 나는 그 순간에 내가 어느 쪽을 더 두렵게 여겼는지를 생각해보고는 한다. 나무 벽의 구멍을 통해 검은 공동을 확인하는 것과 진물 같은 곰팡이로 덮인 또 다른 벽을 확인하는 것. 어느 쪽이 더 섬뜩하고 소름 끼치는 일일까. 나는 그걸 알 수 없었고 아마 앞으로도 알 수 없을 것이다. 나는 그냥 망치를 쥔 채로 벽 앞에 서 있다가 내 도시락이 놓인 박스 곁으로 돌아갔다. 망

be hiding or hidden somewhere inside it. That's what I thought. When I proposed to the commercial building manager that we search down there, he stared at me, a puzzled expression on his face. *What?* He asked me.

He said that there was nothing behind the wall. There was no underground tunnel. He said that they had installed that wall a little away from the original wall because of the extensive mold on the original wall.

Confused, I returned to the bookstore. After finishing some cashier work, like any other day, I went down to the storeroom while all the other clerks and part-timers were having their lunch. I left my lunch box on top of a box that I used as a table and chair and searched the tool cabinet. Wires, flattened bond tubes, screws, nails, mouse-trap tape, paint thinner containers, drivers, mold removers, sticks and tongs. I was looking for a hammer, but I couldn't find one. I kept on searching for it, knocking down and pushing away piles of things. I finally found a hammer covered with dried rags on a middle shelf. I stood in front of the wall with the hammer. I looked at the corner of the wall, water and mold stains branching across its surface like vine patterns. I felt a draft blowing in

치는 바닥에 내려놓고 도시락을 무릎에 올린 뒤 천천히 그걸 먹었다.

짧은 봄이 가고 여름에서 가을로 넘어갈 무렵이었다.

진주 어머니는 그간에도 서점에 찾아왔다. 여름부터는 아예 서점으로 내려오는 계단 근처에 돗자리를 펼치고 그 위에 진주의 가방과 사진을 놓아두었다. 사진은 세 장일 때도 있었고 네 장일 때도 있었다. 조악한 화질에 최대한 실물 크기로 출력한 상반신들이었다. 진주 어머니는 그 사진들을 마분지에 붙이고 비닐을 씌워 자기 뒤쪽에 두 장, 앞쪽에 한 장을 세워두었다. 그러고는 두꺼비처럼 엎드려서 오후 내내 꼼짝도 하지 않았다. 그녀는 더 늙었고 가까이 다가가면 살 냄새가 났다. 묵은 곡식 같은 살 냄새.

사람들의 눈치를 보면서 그녀를 두고 보던 서점 주인은 초조한 기색을 보였다. 사정은 딱하지만, 하며 어느 날은 영업에 방해가 된다며 그녀를 설득해보라고 내게 말했다. 나는 그가 시키는 대로 계단을 올라갔다. 고양이들의 밥그릇이 비어 있었다. 화단 구석에 감춰둔 포대를 열어 사료를 넘칠 정도로 쏟아붓고, 계단을 마저

from behind the wall. *The manager never knew about it. That's it. But there has to be a tunnel down here. Look, there's a draft. It's coming through the tunnel. Like this.* I could prove it. I could, just by swinging that hammer a few times. It would have been as easy as breaking eggshells.

And that was the reason why I couldn't.

To find the tunnel or to not find it.

Even today I wonder which of the two I'd be more afraid of. To find another dark hole behind the first hole in the wall or to discover another wall covered with mold, like a huge patch of sores. Which would be more horrifying? I didn't know and I probably wouldn't know. I stood in front of the wall with the hammer in my hand for a while and then walked back to the box where I had my lunch box. I laid the hammer down on the floor, drew my lunch box towards my knees, and slowly began to eat.

After the short spring and summer, the fall approached rapidly.

Jinju's mother continued to come to the bookstore. In the summer, she spread a straw mat near the stairs and propped Jinju's bag and photos on it. Sometimes, there were three photos and other

올라갔다. 그녀가 그녀의 자리에 엎드려 있었다. 햇빛을 가려주는 것이 없어 오후 내내 그 자리는 땡볕의 영역이었다. 해 질 무렵에야 벚나무 그림자가 거기까지 다다를까. 나는 그녀의 다갈색 목덜미와 좁은 등짝을 내려다보았다.

아줌마 어쩌라고요.

내가 얼마나 바쁜지 알아요? 내가 여기서 얼마나 많은 일을 하는지 알아? 날씨가 이렇게 좋은데 나는 나와 보지도 못해요. 종일 햇빛도 받지 못하고 지하에서, 네? 그런데 아줌마는 왜 여기서 이래요. 재수 없게 왜 하필 여기에서요. 내게 뭘 했느냐고 묻지 마세요. 아무도 나를 신경 쓰지 않는데 내가 왜 누군가를 신경 써야 해? 진주요, 아줌마 딸, 그 애가 누군데요? 아무도 아니고요, 나한텐 아무도 아니라고요.

내가 그녀를 내려다보며 이와 같은 말은 한마디도 하지 못하고 입을 다물고 있는 동안 매미가 울었다. 씨르르, 소리뿐이었다. 내리쬐는 햇볕 때문에 목덜미가 따가웠다. 나는 그녀의 곁을 떠나 나무들 아래를 걸어 그 장소를 떠났다. 구겨 신은 신발 때문에 걸음이 불편해 정강이가 당겼다.

times four. They were magnified, life-sized photos of her upper body and were poor quality. Jinju's mother pasted them onto pasteboards and wrapped them with plastic film. She stood two behind herself and one in front of herself. Then she prostrated, small and round like a toad, and didn't move from there all afternoon. She grew older and you noticed the musk of her body when you were near her. A musk like a sack of old grain.

The bookstore owner, who had left her alone up until then, because of the sympathetic public opinion towards her, grew more nervous as time went by. One day, he told me to dissuade her from prostrating like that in front of the store. He told me to do this after saying that he felt sorry for her of course. I went up the stairs as he'd ordered.

The bowls for the cats were empty. After taking the cat food bag out of its hiding place at the corner of the garden and filling the bowls to the brim, I walked up the rest of the stairs. Jinju's mother was lying prostrate as usual. As there was no shade over the spot where she lay, she had been exposed to the burning sun all afternoon. The shadow of the cherry tree might reach her around sundown. I looked down at her brown nape and narrow back.

나는 빠르게 걸었고 다시는 그곳으로 돌아가지 않았다.

*

내 어머니는 사 년 전에 돌아가셨다.

복수가 차서 숨도 제대로 쉬지 못하다가 병실에서 사망했다. 마지막 순간엔 의료적 방법이 없으므로 집으로 모셔가라는 병원 측과 실랑이가 좀 있었다. 차라리 집으로 모셔서 집에서 마지막을 맞는 편이 그녀에게는 좋지 않았을까 생각할 때가 있다.

아버지는 살던 집에 그대로 머물고 있다. 본래 한 사람이 머물기에 적당한 공간이었으니 비로소 적당해진 것이라고 나는 생각한다. 병에 걸리면 스스로 목숨을 끊을 거라고 아버지는 말하곤 한다. 그가 그런 말을 할 때 나는 잠자코 듣지만 그가 정말로 그렇게 할 작정이라고는 생각하지 않는다.

나는 삼 년 전에 그 집을 나왔다. 짐을 꾸릴 때 아버지의 책 몇 권을 가방에 넣었다. 최근에 그 가운데 한 권인 조지 오웰의 에세이를 읽었다. 비참한 가난에 대한 글

Aunt, what do you want?

Do you know how busy I am? Do you know how much work I do here? I can't ever come out and see the sun on beautiful days like this. I spend the entire day under-ground, never getting any sun, okay. So, why do you have to do this here? Why on earth here? Are you trying to put a curse on this store? Please just don't ask me what I was doing. When nobody cares about me, why should I care about others? Jinju, your daughter, who is she? Nobody. She's nobody to me.

While I looked down at her, unable to say any of that, my mouth feeling like it was sealed shut, a cicada began to sing. *Ooo-eee-ooo-eee.* The nape of my neck felt hot in the sun. I left her and just began to walk along under the trees. My shins hurt because I wore my shoes with their heels folded.

I walked fast and I never returned.

*

Mother passed away four years ago.

She died in the hospital room, her breaths ragged from abdominal dropsy. During her last moments, we quarreled bitterly with the hospital. They'd told us to take her home because they had run out of medical options. These days I sometimes think that

이었다. 내가 아는 가난보다도 더 가난한 가난. 나는 최근 자연사와 병사와 사고사에 관해 두서없이 생각할 때가 많은데 조지 오웰의 에세이에서 읽은 것처럼, 가난하고 돌보아줄 인연 없는 늙은 자로서 병들어 죽어가는 것처럼 비참한 일이 있을까, 생각한다. 오웰은 이런 죽음을 두고 여태껏 인류가 발명한 어느 무기도 그런 형태의 자연사만큼 사람을 강력하게 비참하게 만든 것은 없었다고 말하고 있었다. 때문에 그는 늙어 죽는 것을 소망한 것이 아니고 길 가다 우연하게, 느닷없이 죽고 싶다고 써두었다. 나는 그의 문장 곁에 그렇다, 라고 적은 뒤 연필 끝으로 종이를 꾹꾹 누르고 있다가 이렇게 덧붙였다. 아무도 없고 가난하다면 아이 같은 건 만들지 않는 게 좋아. 아무도 없고 가난한 채로 죽어. 나는 그대로 책을 덮어버렸고 그 문장들은 내가 적은 바로 그 자리에 남아 있을 것이다. 십 년이 지난 뒤에도, 어쩌면 백 년이 지난 뒤에도 말이다.

내가 지금 사는 동네엔 아카시아가 많다. 아카시아 나무가 뒷산에도 많고 골목에도 많아서 초여름엔 그 냄새로 공기가 청결해진다. 특히나 밤이 되면 멀리 떨어진

it might have been better for us to have taken her home so that she could have faced death at home.

Father still lives in the same house where we used to live. I think that it finally became a normal life, because the house has space enough for just one person. Father often says that he will kill himself if he becomes ill. Although I just nod and listen to him when he says that, I don't think he really will.

I left the house three years ago. When I packed my bag, I packed a few of father's books. Recently, I read one of them, George Orwell's essay collection. It was about abject poverty—poverty even poorer than that I had ever known. Recently, I've begun to think about death a lot. Death from natural causes, illness, or accidents. I wonder if there could be any death more miserable than dying when you're old, poor, ill, and without anyone to take care of you, as I'd read about in George Orwell's essays. Orwell said that no weapon humans had ever invented could make someone more miserable than dying a natural death in a situation like that.

Not coincidentally, he said that he wanted to die suddenly and accidentally on the road rather than just old. I wrote next to this sentence, *I agree*, and

버스 정류장에서도 그 냄새를 맡을 수 있다. 그 냄새를 맡으며 천천히 골목을 걸어 퇴근하는 길엔 오래전을 생각할 때가 많다. 호재를 생각하는 날도 있다. 어떻게 지내고 있을까. 좋은 직업을 얻었을까. 무사히 여자 친구를 만들어서 아이도 낳았을까. 시루, 인절, 콩. 호재의 고양이들은 모두 죽었을 것이다. 그들의 자손은 어떻게 되었을까. 어미 고양이는 계속 새끼를 낳았을까. 그 새끼들도 새끼를 낳을까.

나는 여전하다. 여전히 직장에 다니고 사람들 틈에서 크게 염두에 두지 않을 정도의 수치스러운 일을 겪는다. 못 견딜 정도로 수치스러울 때는 그 장소를 떠난 뒤 돌아가지 않는데, 그런 일은 물론 자주 일어나지는 않는다. 다음에 다른 동네로 이사를 가게 되면 그 동네에도 아카시아 나무가 많기를 소망하고 있다. 그러나 아카시아가 단 한 그루도 없는 동네에 살게 되더라도 나는 별 불편 없이 잘 적응해갈 것이다.

나는 여전하다.

그리고 가끔, 아주 가끔, 밤이 너무 조용할 때 진주에 관한 기사를 찾아본다. 어딘가에서 진주를 찾았다는 소식을 말이다. 유골이라도 찾아냈다는 소식을 밤새, 당

then after pressing down hard on the paper with the tip of my pencil a few times, I added, *If you don't have relatives and you're poor, you'd better not have a kid. You should die just poor and without anyone.* I closed the book after that and thought about how the sentences would still be there long after even I'd forgotten about them. They'd be there ten years from now, and maybe a hundred years after that.

There are many acacia trees in the neighborhood where I live now. The air has a freshness to it because of all these trees, not only on the hill behind the neighborhood but also in the alleyways. Especially at night, you can smell them even from a bus stop that is fairly far away. When I make my way home along the alleyways after work, I often think of the old days. Some days I think of Ho-jae. How he's doing. Did he get a good job? Did he find a girlfriend without too much trouble and finally have a kid? Siru, Injeol, Kong. Ho-jae's cats must have all died. What had happened to their offspring? Was the mother cat still giving birth to kittens? Were her kittens now giving birth to kittens?

I'm still doing the same sort of things. I still work and experience things that embarrass me, although not to the degree that they would bother me too

시의 모든 키워드를 동원해서 찾아다닌다.

나는 이런 이야기를 어디에서고 해본 적이 없다.

much. If I feel too embarrassed to stand it any longer, then I quit and never come back. Of course, this doesn't happen very often. I hope that if I have to move to another neighborhood there'll be a lot of acacia trees there too. Still, even if I end up in a neighborhood without a single acacia tree, I'm sure I'll end up adjusting to it all pretty well.

How am I? I'm doing the same.

Occasionally, very rarely, when the night gets too quiet, I search for articles about Jinju. An article saying that she'd finally been found somewhere. Even an article saying her remains had been found. I search for that article using all possible keywords I can think of.

I have told this story to no one.

Translated by Jeon Seung-hee

창작노트
Writer's Note

K

양은 이렇게

이 소설의 제목은 본래 「양의 미래」였다.

한국어로 '양'은 미혼 여성을 부르는 말로 이름이나 성(姓) 뒤에 붙여 사용한다. 요즘은 흔하게 사용되지는 않는 듯하지만 내가 지금보다 어렸을 때만 해도 일상에서, 텔레비전에서, 자주 듣고는 했던 호칭이다. 양, 이라는 호칭엔 어떤 어감이 있다고 나는 생각한다. 무슨 무슨 양, 이라고 불렸던 그녀들에 관한 공통된 인상을 내가 가지고 있다고 해도 좋을 것이다. 전경(前景)이나 중심으로 부각되는 일 없이 가장자리나 배경 어딘가에 잠깐 나타나거나 지나가는 여자들. 일하는 여자아이들.

이 소설은 여름에 썼다.

Yang: Like This

The original title of this short story was "Yang-ui Mirae," which means "What's in store for Yang."

In Korean, *yang* is a title for an unmarried woman, conventionally attached to her first or last name. These days, this label does not seem to be used as often as when I was younger. Then one might easily hear it in everyday life or on TV. I feel there are certain connotations in this title, *yang*. One might say I have shown certain conventional ideas about these women, who were called so-and-so *yang*. I see them as women who never took front or center stage, women who appeared only briefly on the margins, or as girls who have always had to hold down jobs.

여름에서 가을로 넘어갈 무렵이었을 것이다. 한 계절이 지났는데도 이 소설의 화자를 생각할 때가 있다. 그녀는 오늘 어떻게 지냈을까. 내일은 어떻게 지낼까. 그런 걸 생각할 때가 있다.

I wrote this short story in the summer. I believe it was probably when summer was changing to fall. I still sometimes think about the narrator of this short story. How did she spend her day today? How will she spend it tomorrow?

해설
Commentary

터널이 있든, 없든

이경재 (문학평론가)

황정은의 「양의 미래」(《21세기 문학》, 2013년 가을호)는 "나는 이런 이야기를 어디에서고 해본 적이 없다."(74)는 문장으로 끝난다. 도대체 이 진술의 주체인 '나'는 어떤 사람이기에 20페이지가 넘는 이토록 '간절하고 뜨거운 이야기'를 어디에서고 해본 적이 없을까? 이 작품을 끝까지 따라 읽은 독자라면, 마지막 문장에 등장하는 이야기의 발화 여부는 의도가 아닌 능력의 문제와 연관된다는 것을 알게 될 것이다. 이 문장은 가야트리 챠크라보르티 스피박(Gayatri Chakravorty Spivak)이 주장한 "서발턴(subaltern)은 말할 수 있는가?"라는 명제에 연결되어 있다.

Whether a Tunnel Exists, or Not

Lee Kyung-jae (literary critic)

Hwang Jung-eun's "Kong's Garden" ends with the sentence: "I have told this story to no one." But who is this narrator who has told this lengthy, earnest and passionate story to no one? A reader would know that whether or not to tell this story is not primarily a matter of the storyteller's intentions, but of her capability. At some point, the reader must answer the critic and theorist Gayatri Chakravorty Spivak's question, in her famous essay titled "Can a Subaltern Speak?"

After graduating from a commercial high school, the narrator of "Kong's Garden" wanders from one temporary workplace to another. This unnamed narrator belongs to the "precariat" class, "precariat"

「양의 미래」에 등장하는 '나'는 여상을 졸업하고 각종 비정규직을 전전하는 프레카리아트(precariat)이다. 프레카리아트는 '불안정한'(precario)과 '노동자 계급'(proletariat)을 합성한 말로, 파견, 하청, 아르바이트 등의 일에 종사하는 비정규직 노동자층을 가리킨다. 이 시대의 청년들이 처한 고단한 상황에 대해서는 그동안 많은 논의가 이루어졌다. 최근에는 동세대의 논객들도 등장하여 스스로 자신들의 문제를 진단하고 나름의 처방을 제시할 정도이다. 그러나 이 때의 청년문제는 주로 대학생들의 문제로 한정되는 경향이 있다. 약 80% 정도가 대학에 진학하는 상황에서 청년문제의 중심은 대학생과 대졸자들이 겪는 '등록금 문제'와 '청년 실업 문제'에 집중되고 있는 것이다.[1]

작품 속의 '나'는 등록금문제나 실업문제와는 애당초

---

1) 우리 시대의 대표적인 청년 논객인 한윤형이, 한국 젊은이들이 처한 여러 가지 문제를 논한 『청춘을 위한 나라는 없다』(어크로스, 2013)에서도 논의의 대상이 되고 있는 것은 대학생들이다. 「양의 미래」에 나오는 '나'와 같은 고졸 출신 노동자에 대한 이야기는 책 전체를 통하여 거의 언급되지 않는다. "물론 대학에 진학하지도 못한 20대의 삶에 더욱 주목해야만 한다는 견해도 있다. 가령 고등학교 졸업 후 삼성 반도체 공장에서 몇 년 일하다가 백혈병으로 숨진 스물세 살 박지연 양의 사례는 한국에서 대학을 피하고 산다는 것이 가져올 위험의 총합을 비극적으로 보여준다."(한윤형, 『청춘을 위한 나라는 없다』, 어크로스, 2013, 274면)는 부분 정도만 찾아볼 수 있다.

being a compound noun combining "precario (pre-carity)" and "proletariat," designating a social class formed by temporary workers in a constant state of job insecurity. There has been a great deal of discussion about this difficult and draining situation that young people nowadays increasingly find themselves in. Recently, more and more young minds have begun to present their own diagnoses and prescriptions on these matters. However, these discussions have tended to focus mostly on college graduates and their accompanying problems of tuition debt and unemployment—not surprising considering that around 80% of this new generation graduate with at least one college degree.

This story's narrator, however, has never had problems with tuition or unemployment. She has always been working, as she states matter-of-factly: "When I think of my middle school or high school days, I remember above all, working somewhere." She then recounts all of her work sites: hamburger chain, family restaurant, a book rental shop, the street or supermarket corner. If fiction can contribute to the democratization of society by drawing readers' sympathetic attention to the ordinary but hidden facts in our lives, then Hwang Jung-eun's "Kong's Garden" is indeed a highly po-

거리가 멀다.[2] '나'는 "중학교에 다니던 때나 고등학교에 다니던 때를 생각하면 어딘가에서 일하고 있는 순간들"(12)이 떠오를 정도로, 햄버거 체인점, 패밀리 레스토랑, 도서 대여점, 길거리, 마트 등에서 줄기차게 일을 해왔다. 가려져 있는 평범한 것들을 관심과 공감의 대상으로 바라보게 하는 것이야말로 민주주의에 기여하는 소설의 힘이라면[3], 황정은의 「양의 미래」는 매우 정치적인 소설이다. 이 작품을 통해 황정은은 엄연히 한국 사회에 살고 있는 젊은이지만, 그동안의 무수한 담론 속에서 소외된 '나'에게 말할 기회를 마련해 주고 있기 때문이다.[4]

2) 주인공이 다닌 상업계 학교는 졸업반이 되면 한 학급의 절반 정도는 이미 취업으로 자리를 비울 정도이다. '나' 역시 학기 초에 이미 창고형 할인마트의 계산대에 취직된다.

3) 휘트먼은 "특히 시인의 외침이 성적 배제와 대중의 비난에 의해 침묵해야 했던 이들의 목소리로부터 장막을 걷어낼 수 있다고 주장한다. 그는 시적 상상력의 빛이 이 모든 소외된 자들을 위한 민주적 평등의 결정적인 동인이라고 주장하는데, 오직 그러한 상상력만이 그들 삶의 사실들을 바로잡아줄 것이며, 그들에 대한 불평등한 대우 속에서 개인의 존엄에 대한 훼손을 발견할 것이기 때문이다."(마사 누스바움, 『시적 정의』, 박용준 옮김, 궁리, 2013, 250면)라고 주장한다.

4) 「양의 미래」에는 '나'와 비슷한 연령의 또 다른 청년들도 존재한다. '나'의 남자친구였던 호재는 '나'와 함께 서점을 다니다가, 대다수가 적어도 학사인 나라에서 학사도 받지 못한 남자는 곤란하다는 생각에 복학한다. 호재는 복학한 후 정말 열심히 공부하지만, 직장을 구하지는 못한다. 좋은 일자리를 잡기 위해 필요한 "특별한 것"(133)이 호재에게는 하나도 없었던 것이다. 둘은 끝내 헤어지게 되는데, 이러한 헤어짐도 결국에는 가정을 꾸리기에는 너무나 척박

litical short story. Hwang's vision offers a new opportunity to the narrator, a young woman both living within our society and yet excluded from its discourse.

Despite her circumstances, though, the narrator's attitude towards herself and her reality is extremely casual. This story's narrative style, often characteristic in Hwang Jung-eun's writing, creates an intriguing and notable literary effect. When the narrator realizes, *"I've always been working!"* she calmly adds, "I've realized this only recently. I don't feel like this is unfair and I haven't regretted it. *That's just how it is*, I tell myself. *And that's that*." The narrator's sense of calm and acceptance compels the reader to feel the societal disparity and sense of injustice that the narrator should be feeling, far more so than if she had simply and openly voiced her concerns. The narrator also blithely notes, regarding her time as a warehouse cashier, "There weren't very many memorable events while I worked there." She says this despite the fact that customers occasionally slapped her across the face over entirely trivial matters, or despite the fact that she had to frantically scramble to catch the bus to and from work every day, and, finally, despite the fact that she mentions that the cumulative feeling of her

'나'가 자신과 현실을 대하는 태도는 지극히 무심하다. 이 무심한 태도는 황정은식 화법이라고 부를만 한데, 그것이 자아내는 문학적 효과가 만만치 않다. 일테면 '나'는 어린 시절부터 늘 일만 하던 자신을 떠올리며, "언제나 일하고 있었네. 나는 얼마 전에야 그걸 알았다. 억울하다거나 아깝다고 생각하지는 않는다. 그랬네, 정도로 잠깐 깨닫고 마는 것이다."(12)라고 조용히 말한다. 그러나 독자는 다름 아닌 '나'의 이 무심한 태도를 통해, '나'를 끊임없이 일하게 만든 사회에 대하여 마땅히 '나'가 가져야 할 '억울함'을 대신 느끼게 된다. '나'는 5년여를 일했던 마트 계산원 시절도 "별다르게 기억할 일이 없었다."(16)고 태연하게 이야기한다. 그러나 그 시절 '나'는 사소한 시비 끝에 계산대를 넘어온 손님에게 뺨을 맞은 일도 있고, 배차 간격이 너무 길어 출퇴근 시간에는 언제나 뛰어야 했으며, 밤엔 손발이 다 녹아내리는 것처럼 피곤함을 느꼈다. 그 모든 일을 받아들이는

한 사회 경제적 현실에서 비롯된 것으로 그려지고 있다. 이 작품에는 단순하게 피해자나 약자라고만 볼 수 없는 재오라는 청년도 등장한다. 재오는 명문대를 졸업한 고시생으로서 국가고시를 준비하기 전에 용돈이나 벌려는 생각으로 서점에서 일한다. 그는 아무것도 주의 깊게 듣지 않으며, 집요함과 둔감함을 동시에 지닌 청년으로 묘사된다. 그는 나중에 서점을 그만두며 주인에게 퇴직금을 요구한다. 재오는 퇴직금을 받기 위해 "탈법적 장부 관리와 4대 보험에 가입되지 않은 고용 형태"(137)를 문제삼는 전략적인 모습까지 보여준다.

work leaves her with a pain that feels like several people standing on her chest at night. Because the narrator accepts all these things calmly and casually, the readers, at least, can understand the true significance of these "memorable events."

At the center of this story lies a very memorable event indeed, with a storeroom below the bookstore acting as the primary space where the narrator finally comes to some awareness and self-reflection. It is in this storeroom that the author's insight into the future of the lost sheep of our age shines out.[1] One of the story's odder and more displaced characters, the student Jae-o, one day claims that this storeroom is actually an underground passageway connecting every corner of the apartment complex. The building manager, however, denies this, telling the narrator, "there [is] nothing behind the wall." Jae-o, while insistent, is, in fact, someone who cannot be trusted, often claiming that he's done things he hasn't or insisting that he knows things he does not. Even so, the narrator cannot help wondering if the tunnel really does exist. Eventually, she retrieves a hammer from

1) The original title of this short story was "Yang-ui Mirae," which means "the *yang*'s future." In Korean, *yang* is a title for an unmarried woman, but it also means sheep. The word "scapegoat" also includes *yang* in it. [Translator's Note]

'나'의 무심한 태도로 인해, 독자들은 그 모든 일을 '별다르게 기억할 일'로 받아들일 수밖에 없다.

이 작품의 중심에는 서점 지하에 위치한 창고가 위치해 있다. 이 창고야말로 우리 시대 길 잃은 양들의 미래와 관련한 작가의 만만치 않은 통찰이 문학적으로 집약된 공간이다. 어느 날 재오는 '나'에게 서점의 창고가 아파트 단지의 구석구석을 관통하는 지하터널의 일부라고 말한다. 동시에 '나'는 상가 관리인으로부터 "그 벽 뒤엔 아무것도 없다."(60)는 말을 듣는다. 그러고 보면, 이 터널의 존재를 처음 말한 재오는 신뢰할 수 없는 인물이었다. 그는 하지 않은 걸 했다고 대답하거나 한 것을 하지 않았다고 대답하는 일도 많으며, 자기가 모르는 것에 관해서도 안다고 말하는 인물이기 때문이다. 그러하기에 이 터널을 둘러싼 논란과 의문은 더욱 증폭될 수밖에 없다. '나'는 결국 궁금증을 이기지 못하고, 그 창고벽 너머를 확인하기 위해 망치를 들고 창고에 내려간다. 망치를 몇 번만 휘두르면, 그 너머에 있다는 터널의 존재유무를 확인할 수 있기 때문이다. 그러나 '나'는 끝내 두려움 때문에 망치질을 하지 못한다. 그리고는 "터널이 있는 것과 터널이 없는 것"(62) 중에 "어느 쪽이 더

the storeroom with the full intention of "swinging it a few times on the wall." But in the end she decides not to, from fear of actually discovering the truth. Afterwards, she wonders for a long time which of the two possibilities she was more afraid of: discovering an endless tunnel beneath the complex or finding nothing at all.

Ultimately, the storeroom epitomizes the dreary reality the narrator occupies day after day. Her ritual actions—eating a packed lunch that her emasculated father prepares for her everyday, directly in front of the dubious tunnel wall—strengthens this notion. Unfortunately, for the narrator, the tunnel behind the wall is not an ideal space for her either. It is, in fact, an extension of the storeroom. After she hears of the tunnel from Jae-o, the narrator has dreams of walking "forever and ever" in some dark place like "the body of a long caterpillar or a snake." More than mere dreams, she admits these are "nightmares." Whether she is in the storeroom surrounded by walls covered in "water and mold stains branching all across its surface like vine patterns" or in a tunnel like "the body of a long caterpillar or snake," there is no difference to the narrator; her reality of endless, soul-crushing chores goes on and on forever.

섬뜩하고 소름 끼치는 일일까."(62)라고 자문한다.

그 창고는 아버지가 싸준 도시락을 꾸역꾸역 먹는 장소로 사용되는 것에서도 알 수 있듯이, '나'가 현재 살아가는 남루한 현실을 상징하는 공간이다. 그러나 그 벽 너머의 터널 역시도 '나'에게는 그다지 이상적인 공간이 아니다. 그 터널 역시 창고의 확장일 뿐이기 때문이다. 실제로 터널에 대한 재오의 말을 들은 후 '나'는 "긴 벌레의 몸통 같기도 하고 구렁이의 몸속 같기도 한 터널을 언제까지고"(42) 걷는 꿈을 꾸는데, '나'는 그 꿈을 "악몽"(42)으로 받아들인다. "습기와 곰팡이가 덩굴무늬처럼 번진 벽"(62)으로 둘러싸인 창고이든, "긴 벌레의 몸통 같기도 하고 구렁이의 몸속 같기도 한 터널"(42)이든 고통의 영원한 지속이라는 점에서는 아무런 차이가 없는 것이다.

이상의 시 「오감도」 제 1호에서 13인의 아이가 질주하는 도로는 '막다른 골목'이든 '뚫린 골목'이든 상관이 없다. 그 어느 곳에서든 질주하는 아이들이 느끼는 무서움은 사라질 수 없는 것이기 때문이다. 이 작품에서 '나'가 처한 상황 역시 그에 견주어볼 만하다. 터널이 있든 없든, 지금의 일을 하든 새로운 일을 하든, '나'의 고

In Yi Sang's poem, "Ogamdo, Number 1," there is no difference between a "dead end" and an "open end" to the "thirteen scuttling children." Wherever they go, the children remain afraid. Similarities abound between Hwang's short story and Yi Sang's poem. Whether there is a tunnel or not, whether the narrator continues working at her current job or a new one, her arduous reality does not change. To her, life is simply a continuation of nightmares. In fact, she cannot think of the future. After her love affair with Ho-jae, she can "no longer imagine a chance for it [a love affair]." While in a relationship with Ho-jae, she says, "I wouldn't ever have a baby." Her remark after reading a "stupid" short story is, "I especially did not want to die and leave a stupid piece of writing behind. I didn't want to worry about it, whatever stupid thing I'd leave behind." For every circumstance or prospect in her life, she only has denigrating, self-torturing remarks, a result of her tragic outlook on life.

At the same time, the narrator does not have a past that can support and sustain her either. Her mother has been struggling with liver cancer for ten years, and her father, who tenderly cares for his wife and their household affairs, does not have the slightest trace of masculinity left in him. The

통스러운 삶은 계속 될 수밖에 없다. '나'에게는 '악몽'으로서의 삶이 주어져 있을 뿐이다. 실제로 '나'는 어떠한 미래의 가능성도 사고하지 못 한다. 호재와 헤어진 이후에 남자와 교제하는 "기회를 더는 상상"(34)할 수조차 없다. '나'는 호재와 사귈 때도 "평생 아이를 만들지 않을 거라고"(26) 말한다. "마지막에 병신 같은 걸 남기고 죽는 건 싫다. 걱정이 될 테니까 말이다. 세상에 남을 그 병신 같은 것이"(20)라는 말 역시 삶에 대한 비극적인 전망이 낳은 자학적 독설이라고 할 수 있다.

동시에 '나'에게는 미래도 없지만, 그녀를 지탱해 줄 과거도 없다. 어머니는 십 년째 간암 투병 중이고, 어머니를 돌보는 아버지는 남성성이 완전히 제거된 채 "아버지라기보다는 할머니 같은 모습"(26)을 하고 있다. 그들이 이 사회에서 차지하는 몫을 드러내 주는 것처럼, '나'의 부모는 "왜소하고 말이 없"(18)어 늘 조용하다. 아버지와 어머니는 말 그대로 벌거벗은 생명이라고 불러도 과언이 아니다. 사회로부터 어떠한 보호도 받지 못할 뿐만 아니라, 그들 스스로도 자신을 보호받아야 할 존재로 여기지 않기 때문이다. '나'가 "이제 죽었으면 좋겠어"(26)라고 말하는 아버지와 어머니, 그리고 '나'는

narrator notes that he looks "more like my grand-
mother than my father." As if deciding to physically
represent their places in the society, the narrator's
parents were "small, silent people." It would not be
an exaggeration to describe their lives as, to some
extent, naked. They are unprotected by society,
and they don't expect any help either. Both the
narrator's parents, whom she wishes "would just
die," and the narrator are non-human entities in
their society.

Eventually, "Kong's Garden" asks through the in-
cident of a missing girl if we can even demand any
ethics or sense of responsibility from these non-
humans. The narrator faces a litany of critical scru-
tiny for the single fact that she last saw the missing
girl. In particular, the missing girl's mother comes
to her everyday to remind her of her responsibility.
One day, the narrator finally silently responds to
the girl's mother. While never speaking her
thoughts aloud, she asks if it is appropriate to de-
mand an interest in others from people who have
been doing meaningless, menial chores their entire
lives, people who have had to endure underground
lives without even a glimpse of the sun for an en-
tire day, people for whom there is no one, people
for whom survival is their only task. Can a society

이 사회의 비인(非人)들인 것이다.

「양의 미래」는 한 여자아이의 실종 사건을 통해, 이러한 비인들에게 타인에 대한 윤리나 책임 등을 묻는 것이 가능한 것인지에 대한 질문을 하고 있다. 한 소녀가 실종되기 직전에 마지막으로 본 것이 '나'라는 이유 하나로, '나'는 온갖 비판의 시선과 질문에 맞닥뜨린다. 특히 소녀의 어머니는 매일 '나'를 찾아와 책임을 묻는다. 어느 날 그녀는 마음속으로만 소녀의 어머니에게 항변하는데, 그 항변은 어린 시절부터 온갖 허드렛일만 해온 한 인간에게, 햇빛 한 번 볼 수 없는 지하에서 하루 종일 삶을 견뎌내야 하는 한 인간에게, 그 누구의 관심이나 사랑도 받지 못하는 한 인간에게, 삶이 아닌 생존만이 유일한 과제인 한 인간에게, 타인에 대한 관심을 요구하는 것이 과연 타당한 일인지를 묻고 있다. 인간을 비인으로 만든 사회가, 자신이 만든 바로 그 비인들에게 인간이 될 것을 요구할 수 있을까?

'영원한 현재로서의 고통'에 대한 인식은, 서점을 그만둔 후의 후일담이라고 할 수 있는 마지막 부분에서도 확인할 수 있다. 어머니는 사 년 전에 돌아가셨고, 아버지는 병에 걸리면 스스로 목숨을 끊을 것이라고 말한

that turns a person into some sort of a non-human being demand that this individual finally act humanely at some point?

We can confirm this sense of "suffering as eternal present" in the last part of the short story when the narrator describes her life after the bookstore. Her mother died four years ago, and her father serenely vows that he will kill himself if he becomes ill. The narrator writes next to George Orwell's essay on poverty, "If you don't have relatives and you're poor, you'd better not have a kid. You should die just poor and without anyone." She also notes "They [the sentences] would be there ten years from now, and maybe a hundred years after that." This suggests that the poverty of our age from which the narrator suffers will not change "ten years from now, and maybe a hundred years after that." Hwang Jung-eun's "Kong's Garden" is an outstanding piece of fiction that serenely and thoroughly captures the worlds of those who have been excluded from our society, the worlds of those who cannot escape poverty whether a tunnel exists or not, or whether it will be ten years from now or a hundred years after that.

다. '나'는 조지 오웰이 쓴 가난에 대한 에세이 옆에 "아무도 없고 가난하다면 아이 같은 건 만들지 않는 게 좋아. 아무도 없고 가난한 채로 죽어."(70)라고 써놓는다. 그리고는 그 문장들이 "십 년이 지난 뒤에도, 어쩌면 백 년이 지난 뒤에도"(70) 그대로 남을 것이라고 생각한다. 지금 이 시대의 가난은 '백 년이 지나도 변치 않을 가난'으로 형상화되고 있는 것이다. 황정은의 「양의 미래」는 터널이 있든 없든, 십 년이 지나든 백 년이 지나든 가난할 수밖에 없는, 이 사회의 배제된 자들을 특유의 무심함으로 그려낸 이 계절의 수작이다.

비평의 목소리
Critical Acclaim

세 편의 소설을 검토하면서 분명해진 것은 황정은이 가장 아픈 주체들의 처지에서 우리 당대 삶의 중요한 문제들을 야무지게 생각하는 작가라는 사실이다. 그는 빼어난 사실묘사를 구사할 수 있지만 사실주의를 초과해서 환상적—우화적인 수법을 사용하는 데 주저함이 없다.

한기욱, 「야만적인 나라의 황정은씨-그 현재성의 예술에 대하여」,

《문학동네》, 문학동네, 2015

다른 심사위원들은 황정은의 「상류엔 맹금류」를 대상으로 선택했지만 다시 읽어보아도 나는 여전히 「양의

After I examined Hwang Jung-eun's three short stories, it became clear that Hwang is an author who delves deeply into critical questions of contemporary lives from the perspective of people who suffer the most. She is excellent at realistic depictions, yet does not hesitate to go beyond the realistic realm and introduce fantastical and allegorical elements into her stories.

Han Ki-wook, "Ms. Hwang Jung-eun in a Barbaric Country: On Her Art of Presentness," *Munhak dongne*, 2015.

Other judges chose "Birds of Prey Up the Stream" as the grand-prize winner among Hwang Jungeun's stories; but I still prefer "Kong's Garden" after

미래」쪽에 더 호감이 간다. (……) "지층의 지하"가 끌어 내리는 그 한가운데, 환하게 불을 밝힌 서점 안의 황정 은이 훨씬 더 마음을 당긴다. 황정은은 지금까지의 세계를 탄탄하게 구축하는 일을 계속해도 아직 시간은 충분하다는 생각이다.

김화영, 「제5회 젊은작가상 심사평」, 《문학동네》, 문학동네, 2014

rereading them all... I am more drawn to Hwang inside an underground bookstore, brightly lit, and being pulled down by the basement floor underneath it. I believe she has plenty of time to continue to build the world she has been solidly constructing.

Kim Hwa-yeong, "A Judge's Remark for the 5th Young Writer Award," *Munhak dongne,* 2014.

K-픽션 006
양의 미래

2015년 4월 17일 초판 1쇄 발행 | 2016년 12월 26일 초판 2쇄 발행

지은이 황정은 | 옮긴이 전승희 | 펴낸이 김재범
기획위원 전성태, 정은경, 이경재
편집 윤단비, 김형욱 | 관리 강초민 | 디자인 나루기획 | 인쇄·제책 AP 프린팅 | 종이 한솔PNS
펴낸곳 (주)아시아 | 출판등록 2006년 1월 27일 제406-2006-000004호
주소 경기도 파주시 회동길 445 (서울 사무소 : 서울특별시 동작구 서달로 161-1 3층)
전화 02.821.5055 | 팩스 02.821.5057 | 홈페이지 www.bookasia.org
ISBN 979-11-5662-115-7(set) | 979-11-5662-116-4 (04810)
값은 뒤표지에 있습니다.

K-Fiction 006
Kong's Garden

Written by Hwang Jung-eun | **Translated by** Jeon Seung-hee
Published by ASIA Publishers | 445, Heodong-gil, Paju-si, Gyeonggi-do, Korea
           (Seoul Office: 161-1, Seodal-ro, Dongjak-gu, Seoul, Korea)
Homepage Address www.bookasia.org | **Tel**. (822).821.5055 | **Fax**. (822).821.5057
First published in Korea by ASIA Publishers 2015
ISBN 979-11-5662-115-7(set) | 979-11-5662-116-4 (04810)

바이링궐 에디션 한국 대표 소설

한국문학의 가장 중요하고 첨예한 문제의식을 가진 작가들의 대표작을 주제별로 선정!
하버드 한국학 연구원 및 세계 각국의 한국문학 전문 번역진이 참여한 번역 시리즈!
미국 하버드대학교와 컬럼비아대학교 동아시아학과, 캐나다 브리티시컬럼비아대학교 아시아
학과 등 해외 대학에서 교재로 채택!

바이링궐 에디션 한국 대표 소설 set 1

바이링궐 에디션 한국 대표 소설 set 2